MAURICE CLOUARD

ALFRED DE MUSSET

ET

GEORGE SAND

— 1896 —

MAURICE CLOUARD

ALFRED DE MUSSET

ET

GEORGE SAND

— Extrait de la *Revue de Paris* du 15 août 1896 —

DESSINS PAR ALFRED DE MUSSET

PARIS
IMPRIMERIE ET LIBRAIRIE CENTRALES DES CHEMINS DE FER
IMPRIMERIE CHAIX
SOCIÉTÉ ANONYME AU CAPITAL DE CINQ MILLIONS
Rue Bergère, 20
1896

ALFRED DE MUSSET

ET

GEORGE SAND

— NOTES ET DOCUMENTS INÉDITS —

La *Véritable histoire de « Elle et Lui »*, récemment publiée par M. le vicomte de Spoelberch de Lovenjoul[1], a rouvert de la façon la plus curieuse, entre Alfred de Musset et George Sand, un débat qui ne sera pas décidément clos, ni l'équitable jugement prononcé, avant la mise au plein jour des lettres échangées par ces amants illustres. La réputation du célèbre *chercheur* n'est plus à faire et nous nous garderons de dire le bien que nous en pensons. Nous ne voulons à notre tour que joindre au dossier commun quelques pièces authentiques. La « véritable histoire » de cette liaison, apparemment, ce n'est pas *Elle et Lui*, ce n'est pas davantage *Lui et Elle;* — et nous ne disons rien de *Lui*, qui fut l'œuvre d'une personne étrangère au débat et l'exercice de rancunes particulières : — on ne saurait préparer avec trop de soin le difficile triomphe de la vérité.

Mais, d'abord, adressons l'hommage de notre plus respectueuse gratitude à madame Lardin de Musset, la sœur du poète : elle a mis à notre disposition tous les documents qu'elle possède. Il nous faut remercier aussi M. Alexandre Tattet, qui nous a communiqué les lettres adressées à son frère.

1. *Cosmopolis*, revue internationale, des 1er mai et 1er juin 1896.

*
* *

Alfred de Musset et George Sand se virent, pour la première fois, au mois d'avril ou de mai 1833. Écrivant l'un et l'autre à la *Revue des Deux Mondes*, ils avaient naturellement l'occasion de se rencontrer ; des amis communs, Sainte-Beuve surtout, firent le reste. Relations de courtoisie littéraire, d'abord : Alfred de Musset envoyait des vers à George Sand, *Après la lecture d'Indiana*, datés du 24 juin 1833[1]; puis, des fragments de son poème *Rolla*, qu'il écrivait en ce moment. Peu à peu, leur intimité devient plus grande, et George Sand adresse à Musset un exemplaire de *Lélia* portant ces dédicaces :

— Tome I — : « A monsieur mon gamin d'Alfred, GEORGE. »

— Tome II — : « A monsieur le vicomte Alfred de Musset, hommage respectueux de son dévoué serviteur, GEORGE SAND. »

Dans une pièce de vers demeurée inédite, Alfred décrit familièrement les soirées intimes de son amie :

George est dans sa chambrette
Entre deux pots de fleurs,
Fumant sa cigarette,
Les yeux baignés de pleurs.

Buloz, assis par terre,
Lui fait de doux serments ;
Solange, par derrière,
Gribouille ses romans.

Planté comme une borne,
Boucoiran[2] tout crotté
Contemple d'une œil morne
Musset tout débraillé.

Dans le plus grand silence
Paul, se versant du thé,
Écoute l'éloquence
De Menard tout crotté.

1. Cette poésie ne se trouve pas dans les *Œuvres d'Alfred de Musset*, mais Paul de Musset l'a publiée dans le *Revue des Deux Mondes* du 1er novembre 1878.

2. Précepteur de Maurice Sand.

Planche, saoul de la veille,
Est assis dans un coin
Et se cure l'oreille
Avec le plus grand soin...

Débraillé ou non, Musset dessine sur un album la charge des habitués de la maison et prend la liberté « d'outrager les « beaux yeux noirs » en de nombreux croquis : « Je vous envoie cette ébauche pour voir si vos amis la reconnaîtront et si vous la reconnaîtrez vous-même... »

A la fin du mois d'août, ils sont amants [1]. Leur vie, durant cette période, est semblable à celle des peuples heureux et n'a pas d'histoire. Il suffit, à la rigueur, de lire ce qui est publié de la correspondance de George Sand et de Sainte-Beuve dans le tome Ier des *Portraits contemporains*, édition de 1888, et ce que Paul de Musset raconte dans la *Biographie* de son frère : on devine le reste. On nous permettra de ne pas les suivre avant leur voyage en Italie.

I

VOYAGE EN ITALIE

Le 12 décembre 1833, dans la soirée, Paul de Musset conduisit les deux voyageurs jusqu'à la malle-poste. Ils s'arrêtèrent à Lyon, — où ils rencontrèrent Stendhal, — à Avignon, Marseille [2], Gênes, et le 28 ils se trouvaient à Florence. De cette ville, les dates précises nous sont fournies par le passeport d'Alfred de Musset :

Firenze, 28 Dic. 1833. Visto alla Legazione d'Austria per Venezia.

1. Voir un fragment de lettre de George Sand à Sainte-Beuve publié par celui-ci dans les *Portraits contemporains*, nouvelle édition, Paris, 1869, in-12, tome I, page 516.

2. Dans la *Correspondance* de George Sand, tome I, pages 256 et 258, deux lettres d'elle sont publiées, écrites de cette ville et datées l'une du 18, l'autre du 20 décembre.

Firenze, 28 Dic. 1833. Visto, buono per Bologna et Venezia. — G. MOLINARI.

Visto, buono per Bologna. — DELLACÀ, *29 Dicembre 1833.*

Bologna, 29 Dic. 1833. Per la continuazione del suo viaggio, via di Ferrara.

Francolino, 30 Dic. 1833. Visto sortire.

Rovigo, 30 Dic. 1833. Buono per Padova.

Vu au Consulat de France à Venise. Bon pour séjour. Venise, le 19 janvier 1834. — Le consul de France : SILVESTRE DE SACY.

Les divers incidents du voyage, qui du reste n'ont rien de particulier, sont racontés par George Sand dans son *Histoire de ma Vie* et par Paul de Musset dans la *Biographie* de son frère.

A Gênes, George Sand avait senti les premières atteintes des fièvres du pays ; son état ne fit que s'aggraver dans la suite du voyage, elle arriva malade à Venise.

Les deux amants s'installèrent sur le quai des Esclavons, à l'hôtel Danieli, que tenait « *il signor Mocenigo* ». Jadis, lord Byron avait habité un palais sur le Grand Canal : « *Aveva tutto il palazzo, lord Byron* », leur dit leur hôte. Ce souvenir du poète anglais est demeuré si vivace chez Alfred de Musset que, huit ans plus tard, on le retrouve dans son *Histoire d'un Merle blanc*[1] : « J'irai à Venise et je louerai sur les bords du Grand Canal, au milieu de cette cité féerique, le beau palais Mocenigo, qui coûte quatre livres dix sous par jour ; là, je m'inspirerai de tous les souvenirs que l'auteur de *Lara* doit y avoir laissés. »

Les premiers temps de leur séjour furent calmes ; malgré son état maladif, George Sand accompagnait Musset, qui, tout en visitant la ville, prenait des notes sur les usages, sur les dénominations des lieux : nous avons plusieurs pages d'adresses, de recettes culinaires, mots du dialecte vénitien, courtes notices sur des familles ou des noms célèbres

1. *Scènes de la Vie privée et publique des Animaux.* Paris, Hetzel, 1842, t. II, p. 362.

à Venise, inscriptions copiées sur les monuments, tout cela pêle-mêle, au hasard des rencontres. Nous voyons là qu'ensemble ils visitèrent Chioggia, le Lido, déjeunèrent au restaurant du Sauvage à Venise et se promenèrent dans les jardins de Saint-Blaise, à la Zuecca... Mais bientôt George Sand dut garder la chambre et son ami continua seul ses excursions.

Alfred de Musset avait écrit plusieurs fois à sa mère depuis son départ : de Marseille, de Gênes, de Florence, puis de Venise. Les premières lettres parvinrent à leur adresse[1] ; mais vers la fin de janvier les nouvelles cessèrent brusquement. Madame de Musset s'en plaignit à son fils :

« Paris, ce jeudi 13 février 1834.

» Il m'est impossible, mon cher enfant, de me rendre compte des motifs que tu peux avoir pour me laisser si longtemps sans nouvelles, après la promesse que tu m'avais faite de m'éviter au moins ce chagrin-là. Tu connais ma facilité malheureuse à m'inquiéter; si tu lui laisses un libre cours, je ne puis pas prévoir où elle me conduira. Ces jours derniers, Hermine[2] était malade, elle a pris un rhume en sortant d'un bal chez madame Hennequin, qui nous avait invitées. Je veillais près d'elle et passais de longues nuits, que l'incertitude de ta position, de ta santé, rendaient bien tristes. Le matin, j'avais une fièvre nerveuse, la tête me tournait, il me semblait que j'allais devenir folle; je pleurais, je marchais à grands pas dans ma chambre, cherchais quel moyen je pourrais imaginer pour me procurer de tes nouvelles. Enfin, j'ai supplié Paul[3], après plusieurs jours de cet état intolérable, d'aller voir Buloz et de savoir de lui si quelqu'un des amis de madame Sand avait eu de ses nouvelles. Heureusement Buloz avait reçu une lettre de toi, datée du 27 janvier; Paul m'a calmé le sang en me rapportant cette

1. Ces lettres, qui étaient entre les mains de Paul de Musset, ont disparu et ne se sont pas retrouvées parmi les papiers laissés par madame Paul de Musset.

2. La sœur d'Alfred de Musset.

3. Son frère.

nouvelle. Je ne suis plus malade, mais je suis bien triste; car il faut que tu aies des raisons pour me laisser dans une pareille inquiétude, si tu n'es pas malade, ce que cette lettre à Buloz ne prouve nullement, puisque je ne l'ai pas lue; au moins tu es ennuyé, lui-même l'a dit à Paul; tu ne te plais plus à Venise, peut-être en es-tu parti; je t'écris à tout hasard; ma lettre ne te parviendra probablement pas, mais c'est le moindre de mes soucis. Je me soulage en t'écrivant; il me semble au moins, pendant que je promène ma plume sur ce papier, que tu m'entends et que tu vas te hâter de soulager mon ennui en m'écrivant bien vite. Fais-le, mon bon fils, si cette lettre arrive jusqu'à toi, et surmonte la paresse ou le malaise qui t'en a empêché depuis six semaines, car il y a réellement tout ce temps que je n'ai reçu un mot de toi. La dernière qui m'a fait tant de plaisir est datée du 6 janvier; je l'ai relue bien des fois, mais maintenant je ne puis plus la relire, elle me fait mal, car cette phrase par laquelle tu la termines : « Ne crains pas, ma chère mère, que je » te laisse sans nouvelles, il t'en coûtera des ports de » lettres... » etc... n'y a-t-il pas, dans cette assurance de quoi faire naître les plus vives inquiétudes? Car, qui peut te détourner d'une si bonne et si chère résolution, que des accidents graves ou un état d'abattement causé par la maladie? Je sens, mon cher enfant, que si rien de tout cela n'existe, je vais t'ennuyer par mes doléances; mais figure-toi un peu ce que c'est que d'être à trois cents lieues de son fils chéri, et de ne savoir à quels saints se vouer pour savoir s'il existe ou s'il est mort, assassiné, noyé, que sais-je? Il y a de quoi en perdre l'esprit et c'est ce que je fais...

» Nous avons passé un triste carnaval. . . . . . .

(Détails sur les bals où elle était invitée avec sa fille.)

» Je ne sais pas si tu as reçu les deux lettres que je t'ai adressées à Venise? La première était adressée poste restante, à Venise; la seconde, quai des Esclavons ou bureau restant. Mais j'avais mis sur l'adresse: *Monsieur de Musset*, sans le prénom d'*Alfred;* je crains que si tu l'as été chercher, on ne te l'ait pas donnée. Enfin, je me persuade que tu n'as pas reçu mes lettres, puisque tu n'as répondu à aucune. Celle-ci sera-t-elle plus heureuse? Cela est fort douteux. Fais réclamer les autres si on ne te les as pas encore données. Il faudrait y aller toi-même, car on ne les donne pas à d'autres qu'à la personne même à laquelle elles sont adressées.

» Mais cela n'est que du bavardage: tu le sais aussi bien que moi.

» Je te quitte en t'embrassant bien tendrement ; ton frère et ta sœur en font autant, mais personne au monde ne t'aime comme

» Ta mère. »

Ce n'était ni la paresse ni la maladie qui empêchaient Alfred de Musset de donner de ses nouvelles : il écrivait régulièrement et confiait ses lettres à un gondolier, nommé Francesco, pour les porter à la poste avec l'argent nécessaire à leur affranchissement ; mais Francesco dépensait l'argent au cabaret et jetait la lettre à l'eau.

II

A VENISE

Il y avait un peu plus d'un mois que les deux amants étaient à Venise, quand éclata la crise terrible dont s'est ressentie leur vie entière : fatigué au physique et au moral par le voyage, affaibli par le climat, ennuyé de cette compagne toujours malade qui lui faisait si triste figure, Alfred de Musset devint nerveux, irritable, s'emportant à la moindre contradiction, au moindre obstacle ; George Sand, que la fièvre rendait non moins irascible et maussade, reçut mal ses observations ou ses doléances : de là ces querelles qui firent de leur chambre d'hôtel un enfer. Ce ne fut pas leur faute, il ne faut les accuser ni l'un ni l'autre : le milieu seul fut coupable. Et puis, sans vouloir en convenir avec eux-mêmes, ils commençaient malgré eux à sentir que leur beau rêve était irréalisable et que l'amour idéal ne se trouvait pas sur la terre. C'est alors, justement, qu'Alfred de Musset fut à son tour atteint par la fièvre ; et, dans l'état d'excitation où il vivait, le mal ne fit pas de lents progrès chez lui comme chez George Sand : il l'abattit d'un seul coup. George Sand éperdue, ne sachant où donner de la tête, manda le premier médecin qu'on lui indiqua, le docteur Pagello[1].

Pagello vint et remplaça avantageusement un vieux médecin qui, nous ne savons comment, se trouvait au chevet de Musset dès le debut de sa maladie, le docteur Rebizzo.

Pagello ordonna des compresses d'eau glacée et une potion calmante :

Aq. ceras. nigr	℥ij.
Laud. liquid. Sydn., gutt.	XX.
Aq. coob. laur. ceras., gutt. . . .	XV.

» Dr PAGELLO. »

(Nous copions sur l'original, conservé par Musset); autrement dit :

Eau de cerises noires	*1 once, 2 gros.*
Laudanum liquide de Sydenham. . . .	*20 gouttes.*
Eau distillée de laurier cerise.	*15 gouttes.*

Pendant plus de huit jours, le poète fut soigné avec un admirable dévouement par George Sand et Pagello qui ne quittèrent pas son chevet : « Par instants, les sons de leurs voix me paraissaient faibles et lointains; par instants, ils résonnaient dans ma tête avec un bruit insupportable. Je sentais des bouffées de froid monter du fond de mon lit, une vapeur glacée, comme il en sort d'une cave ou d'un tombeau, me pénétrer jusqu'à la moelle des os. Je conçus la pensée d'appeler, mais je ne l'essayai même pas, tant il y avait loin du siège de ma pensée aux organes qui auraient dû l'exprimer. A l'idée qu'on pouvait me croire mort et m'enterrer avec ce reste de vie réfugié dans mon cerveau, j'eus peur, et il me fut impossible d'en donner aucun signe. Par bonheur, une main, je ne sais laquelle, ôta de mon front une compresse

1. Sa lettre a été publiée par M. le vicomte de Spoelberch de Lovenjoul (*Cosmopolis*). — M. le docteur Cabanès vient de publier, dans la *Revue hebdomadaire*, une très curieuse étude sur les relations de George Sand, Pagello et Alfred de Musset; son récit diffère quelque peu du nôtre dans les détails, mais le fond de l'histoire est le même.

℞ Aq. Ceras. Nigr. ℥ij

(Pe. laud. Liquid. Sydn. gutt. xx

Aq. coob. laur. cerasi gutt xv

m—

Surtout renvoyer
cette ordonnance D. Pagelle

d'eau froide que j'avais depuis plusieurs jours et je sentis un peu de chaleur. J'entendis mes deux gardiens se consulter sur mon état : ils n'espéraient plus me sauver[1]... »

A des crises nerveuses d'une violence extrême succédait cette léthargie qui ressemblait à la mort. Le neuvième ou le dixième jour, Musset, comme s'il sortait d'un rêve, ouvrit les yeux en poussant un léger cri, et reconnut les deux personnes présentes : « J'essayai alors de tourner ma tête sur l'oreiller et elle tourna. Pagello s'approcha de moi, me tâta le pouls et dit : Il va mieux ; s'il continue ainsi, il est sauvé[2]... » Musset était hors de danger, en effet, mais il s'en fallait de beaucoup qu'il fût guéri : dans une lettre adressée à George Sand, datée du 4 avril 1834, il dit que cette crise a duré dix-huit jours.

Ici, nous sommes obligé de toucher un point délicat : pendant cette période aiguë de sa maladie, Alfred de Musset a-t-il réellement vu ou s'est-il imaginé voir George Sand entre les bras de Pagello ?

Dans une relation datée de décembre 1852, écrite entièrement de sa main, Paul de Musset déclare que son frère lui a toujours dit l'avoir *vue*, pendant qu'il était étendu sur son lit de douleur, mais sans pouvoir préciser le moment : « En face de moi, je voyais une femme assise sur les genoux d'un homme, elle avait la tête renversée en arrière... Je vis les deux personnes s'embrasser. » Et plus loin : « Le soir même ou le lendemain, Pagello s'apprêtait à sortir, lorsque George Sand lui dit de rester et lui offrit de prendre le thé avec elle... En les regardant prendre leur thé, je m'aperçus qu'ils buvaient l'un après l'autre dans la même tasse. » Mais c'est Paul qui a écrit cela, et non Alfred, et pas une ligne d'Alfred ne fait allusion à ce fait ; il reproche bien des choses à sa maîtresse, mais jamais cela. Il ne nous paraît guère possible d'admettre que George Sand, épuisée par les veilles, malade elle-même, se soit donnée à un autre homme sous les yeux de celui qu'elle soignait avec un dévouement sans bornes. Toute sa vie, elle a protesté

1. Relation de ce qui s'est passé à Venise, par Paul de Musset (manuscrit inédit) ; — voir un peu plus loin.

2. Extrait de la même relation.

là contre, elle s'est défendue, non pas d'avoir été la maîtresse de Pagello, mais de l'être devenue dans les circonstances que voilà. — Je parle du fait matériel, et non de la « déclaration » adressée par elle à Pagello et signalée récemment par le docteur Cabanès. — Le meilleur moyen de détruire cette légende ne serait-il pas de publier sa correspondance avec Musset? Mais une correspondance complète des deux amants, et non des lettres tronquées comme celles qui circulent sous main.

Cette même relation de Paul de Musset parle aussi d'une querelle survenue pendant la convalescence d'Alfred. Une nuit, Alfred surprit George Sand écrivant sur ses genoux; il voulut savoir ce qu'elle disait dans cette lettre et à qui elle l'adressait. George Sand refusa toute explication et, plutôt que de lui remettre son papier, elle le lança par la fenêtre. Musset fut convaincu par cela seul qu'elle écrivait à Pagello pour lui donner un rendez-vous. — Nous parlons toujours d'après Paul de Musset.

Dans une note de sa correspondance inédite, George Sand affirme qu'elle donnait simplement des nouvelles d'Alfred à Pagello, et qu'elle ne voulut pas lui faire voir le billet parce qu'elle y parlait de folie. « Plus tard, *elle* consentit, à Paris, à *lui* remettre cette fameuse lettre. » Car, Alfred de Musset parti, elle descendit aussitôt dans la rue où elle la retrouva.

Or il y a, dans les papiers d'Alfred de Musset, une *Canzonetta nuova supra l'Elisire d'Amore*, qui répond en tous points à la pièce décrite par George Sand dans la note citée plus haut; c'est une sorte de placard, de quatre pages, imprimé à Venise, sur mauvais papier, et qui se vendait quelques sous dans la rue. Au dos de cette romance, on lit cette phrase manuscrite, au crayon, de George Sand : « *Egli è stato molto male questa notte, poveretto! credeva si vedere fantasmi intorno al suo letto, e gridava sempre : Son matto,* je deviens fou. *Temo molto per la sua ragione. Bisogna sapere dal gondoliere se non ha bevuto vino di Cipro, nella gondola, ieri. Se forse ubri...* — C'est-à-dire : « Il s'est trouvé très mal cette nuit, le pauvre. Il croyait voir des fantômes autour de son lit et criait sans cesse : *Je suis fou, je deviens fou*. Je crains beaucoup pour sa raison. Il faut savoir du gondolier s'il n'a pas bu du vin de Chypre, en gondole, hier. Si peut-être il était gris... » George Sand ajoute : « La phrase devait probablement être terminée ainsi : *S'il n'était que gris, cela ne serait pas si inquiétant.* Il éprouvait un insurmontable besoin de relever ses forces par des excitants, et, deux ou trois fois, malgré toutes les précautions, il réussit à boire en s'échappant, sous prétexte de promenade en gondole. Chaque fois, il eut des crises épouvantables, et il ne fallait pas en parler au médecin devant lui, car il s'emportait sérieusement contre ces révélations. »

On était alors aux premiers jours de mars ; un secours inattendu arriva aux malheureux voyageurs. M. Alfred Tattet visitait l'Italie, en compagnie d'une personne dont le nom fut célèbre au théâtre ; il fit un détour pour venir voir à Venise son ami Alfred de Musset, qu'il croyait en bonne santé. Il le trouva revenant à la vie ; lui aussi se fit garde-malade, et ils furent trois au lieu de deux : « J'ai tâché, pendant mon séjour à Venise, écrivait-il à Sainte-Beuve, de procurer quelques distractions à madame Dudevant, qui n'en pouvait plus ; la maladie d'Alfred l'avait beaucoup fatiguée. Je ne les ai quittés que lorsqu'il m'a été bien prouvé que l'un était tout à fait hors de danger et que l'autre était entièrement remise de ses longues veilles [1]. » — Un billet de George Sand vient confirmer cette lettre :

A MONSIEUR ALFRED TATTET

Hôtel de l'Europe.

« Alfred ne va pas mal ; nous irons au spectacle si vous voulez. Mais guérissez-vous de votre rhume et soignez-vous.

» Tout à vous,

» GEORGE. »

Dès qu'il avait pu le faire, Alfred de Musset avait écrit à sa mère pour lui dire son état et lui annoncer son retour : « Je vous apporterai un corps malade, une âme abattue, un cœur en sang, mais qui vous aime encore [2]. »

1. Cette lettre, datée de Florence, 17 mars 1834, a été publiée par M. le vicomte de Spoelberch de Lovenjoul *(Cosmopolis)*.

2. *Biographie*, p. 129.

Voici la réponse de madame de Musset :

« Paris, 17 mars 1834.

» Oh! mon pauvre fils! mon pauvre fils! Quel fatal voyage tu as fait là! Et quelle affreuse maladie! Ta lettre m'a bouleversée; j'en suis restée trois heures sans pouvoir parler. D'après le traitement qu'on t'a fait subir, ton frère conclut que tu as une fièvre cérébrale. Pour moi, je me perds dans les conjectures les plus sinistres pour deviner quelle complication de maladies a pu t'assaillir, toi si sain, si fort jusque-là, et qui n'as jamais fait sous mes yeux ce qu'on peut appeler une maladie. Je suis persuadée que le malsain climat dans lequel vous êtes allés vous fixer a contribué à ton malheur. Venise est inhabitable une grande partie de l'année; je voudrais à tout prix t'en savoir dehors. Il ne faut pas cependant que tu te remettes en route pour la France avant que ta pauvre santé soit consolidée; tu n'aurais pas la force de supporter le voyage, et une rechute serait plus dangereuse encore. Mais si tu t'en sens la force, tâche d'aller passer ta convalescence loin de Venise; elle en sera plus courte et plus sûre. J'ai une bien grande reconnaissance pour madame Sand et pour tous les soins qu'elle t'a donnés. Que serais-tu devenu sans elle? C'est affreux à penser. J'étais, lorsque j'ai reçu ta lettre, dans une inquiétude impossible à exprimer. J'avais été jeudi chez Buloz, qui venait de recevoir une lettre de madame Sand; il ne voulait pas me la montrer et il feignait de l'avoir perdue. Il avait imprudemment lâché le mot d'indisposition : Alfred a une indisposition! Il n'en fallait pas tant pour me faire deviner la vérité, l'horrible vérité; et je suis sortie de chez lui plus morte que vive.

» Je n'ai pas besoin de te dire, mon bien cher enfant, que tout ce que tu désires de changements dans notre appartement sera fait de suite... (Description des modifications à opérer.) Si ce projet te convient, écris-le-moi, je le ferai exécuter avant ton retour, pour t'éviter l'ennui des ouvriers; autrement, nous attendrons ton retour, et je me bornerai à faire ce que tu me demandes.

» Je te supplie de m'écrire lettres sur lettres, mon cher enfant; tu comprends combien cela m'est nécessaire en ce moment. Je suis si malheureuse, si tourmentée! Ton frère et ta sœur sont bien inquiets aussi. J'ai appris avec plaisir que M. Tattet est avec vous ; ce te sera une distraction agréable : un ami est bien précieux à trois cents lieues de tous les siens.

» Nous nous portons tous bien, à l'inquiétude près, qui est un mal insupportable pour moi. Je t'embrasse, mon cher fils, de toute mon âme et t'aime plus que ma vie.

» Ta mère,

» EDMÉE. »

« Tu ne m'as pas donné d'adresse positive et pas dit si tu as reçu une seule de mes lettres ; de sorte que je crains toujours qu'elles ne te soient pas parvenues. »

Le timbre d'arrivée à Venise porte la date du 25 mars. A cette époque Alfred de Musset était donc suffisamment rétabli pour sortir et aller lui-même chercher ses lettres à la poste.

D'autre part, George Sand écrivait à Alfred Tattet qui lui demandait des nouvelles :

« Votre lettre me fait beaucoup de plaisir, mon cher monsieur Alfred, et je suis charmé que vous me fournissiez l'occasion de deux choses. D'abord de vous dire qu'Alfred, sauf un peu moins de force dans les jambes et de gaieté dans l'esprit, est presque aussi bien portant que dans l'état naturel. Ensuite de vous remercier de l'amitié que vous m'avez témoignée et des moments agréables que vous m'avez fait passer en dépit de toutes mes peines. Je vous dois les seules heures de gaieté et d'expansion que j'aie goûtées dans le cours de ce mois si malheureux et si accablant. Vous en retrouverez de meilleures dans votre vie ; quant à moi, Dieu sait si j'en rencontrerai jamais de supportables. Je suis toujours dans l'incertitude où vous m'avez vue, et j'ignore absolument si ma vieille barque ira échouer en Chine, ou à toute autre morgue, *questo non importa*, comme dirait notre ami Pagello, et je vous engage à vous en soucier fort peu. Gardez-moi seulement un bon souvenir du peu de temps que nous avons passé à bavarder au coin de mon feu, dans les loges de la Fenice, et sur les ponts de *Venezia la Bella*, comme vous dites si élégamment. Si quelqu'un vous demande ce que vous pensez de la féroce Lelia, répondez seulement qu'elle ne vit pas de l'eau des mers et du sang des hommes, en quoi elle est très inférieure à Han d'Islande ; dites qu'elle vit de poulet bouilli, qu'elle porte des pantoufles le matin et qu'elle fume des cigarettes de Maryland. Souvenez-vous tout seul de l'avoir vue souffrir et de l'avoir entendue se plaindre, comme une personne naturelle. — Vous m'avez dit que cet instant de confiance et de sincérité était l'effet du hasard et du désœuvrement. Je n'en sais rien, mais je sais que je n'ai pas eu l'idée de m'en repentir et qu'après avoir parlé avec franchise pour répondre à vos questions, j'ai été touchée de l'intérêt avec lequel vous m'avez écoutée. Il y a certainenement un point par lequel nous nous comprenons : c'est l'affection et le dévouement que nous avons pour la même personne. Qu'elle soit heureuse, c'est tout ce que je désire désormais. Vous êtes sûr de pouvoir contribuer à son bonheur, et moi, j'en doute pour ma part. C'est en quoi nous différons et c'est en quoi je vous envie. Mais je sais que les hommes de cette trempe ont un avenir et une providence. Il retrouvera en lui-même plus qu'il ne perdra en moi ; il trouvera la fortune et la gloire, moi je chercherai Dieu et la solitude.

» En attendant, nous partons pour Paris dans huit ou dix jours, et nous n'aurons pas, par conséquent, le plaisir de vous avoir pour compagnon de voyage. Alfred s'en afflige beaucoup, et moi je le regrette réellement. Nous aurions été tranquilles et *allegri* avec vous, au lieu que nous allons être inquiets et tristes. Nous ne savons pas encore à quoi nous forcera l'état de sa santé physique et morale. Il croit désirer beaucoup que nous ne nous séparions pas et il me témoigne beaucoup d'affection. Mais il y a bien des jours où il a aussi peu de foi en son désir que moi en ma puissance, et alors, je suis près de lui entre deux écueils : celui d'être trop aimée et de lui être dangereuse sous un rapport, et celui de ne l'être pas assez, sous un autre rapport, pour suffire à son bonheur. La raison et le courage me disent donc qu'il faut que je m'en aille à Constantinople, à Calcutta ou à tous les diables. Si quelque jour il vous parle de moi et qu'il m'accuse d'avoir eu trop de force ou d'orgueil, dites-lui que le hasard vous a amené auprès de son lit dans un temps où il avait la tête encore faible, et qu'alors n'étant séparé des secrets de notre cœur que par un paravent, vous avez entendu et compris bien des souffrances auxquelles vous avez compati. Dites-lui que vous avez vu la vieille femme répandre sur ses tisons deux ou trois larmes silencieuses, que son orgueil n'a pas pu cacher. Dites-lui qu'au milieu des rires que votre compassion ou votre bienveillance cherchait à exciter en elle, un cri de douleur s'est échappé une ou deux fois du fond de son âme pour appeler la mort.

» Mais je vous ennuie avec mes bavardages et peut-être vous aussi vous pensez que, par habitude, j'écris des phrases sur mon chagrin. Cette crainte-là est ce qui me donne ordinairement de la force et une apparence de dédain. Je sais que je suis entachée de la désignation de *femme de lettres* et, plutôt que d'avoir l'air de consommer ma marchandise littéraire par économie dans la vie réelle, je tâche de dépenser et de soulager mon cœur dans les fictions de mes romans ; mais il m'en reste encore trop et je n'ai pas le droit de le montrer sans qu'on en rie. C'est pourquoi je le cache ; c'est pourquoi je me consume et mourrai seule, comme j'ai vécu. C'est pourquoi j'espère qu'il y a un Dieu qui me voit et qui me sait, car nul homme ne m'a comprise et Dieu ne peut pas avoir mis en moi un feu si intense pour ne produire qu'un peu de cendres.

» Ensuite, il y a des gens qui prennent tout au sérieux, même la Mort, et qui vous disent : « Cela ne peut pas être » vrai ; on ne peut pas plaisanter et souffrir, on ne peut pas » mourir sans frayeur, on ne peut pas déjeuner la veille de son » enterrement. » Heureux ceux qui parlent ainsi. Ils ne meurent qu'une fois et ne perdent pas le temps de vivre à faire sur eux-mêmes l'éternel travail de renoncement, ce qui est, après tout, la plus stupide et la plus douloureuse des opérations.

» A propos d'opérations, l'*illustrissimo professore Pagello* vous adresse mille compliments et amitiés. Je lui ai traduit servilement le passage sombre et mystérieux de votre lettre où il est question de lui et de mademoiselle Antonietta, sans y ajouter le moindre point d'interrogation, sans chercher à soulever le voile qui recouvre peut-être un abîme d'iniquités. Le docteur Pagello a souri, rougi, pâli; les veines colossales de son front se sont gonflées, il a fumé trois pipes; ensuite il a été voir jouer un opéra nouveau de Mercadante à la Fenice, puis il est revenu, et, après avoir pris quinze tasses de thé, il a poussé un grand soupir et il a prononcé ce mot mémorable que je vous transmets aveuglément pour que vous l'appliquiez à telle question qu'il vous plaira : *Forse !*

» Ensuite, je lui ai dit que vous pensiez beaucoup de bien de lui, et il m'a répondu qu'il en pensait au moins autant de vous, que vous lui plaisiez *immensamente* et qu'il était bien fâché que vous ne vous fussiez pas cassé une jambe à Venise parce qu'il aurait eu le plaisir de vous la remettre et de vous voir plus longtemps. J'ai trouvé que son amitié allait trop loin, mais j'ai partagé son regret de vous avoir si tôt perdu.

» Je n'écris pas à Sainte-Beuve parce que je ne me sens pas le courage de parler davantage de mes chagrins et qu'il m'est impossible de feindre avec lui une autre disposition que celle où je suis. Mais si vous lui écrivez, remerciez-le pour moi de l'intérêt qu'il nous porte. Sainte-Beuve est l'homme que j'estime le plus : son âme a quelque chose d'angélique et son caractère est naïf et obstiné comme celui d'un enfant. Dites-lui que je l'aime bien ; je ne sais pas si je le verrai à Paris ; je ne sais pas si je le reverrai jamais.

» Ni vous non plus, mon cher; mais pensez à moi quelquefois et tâchez d'en penser un peu de bien avec ceux qui n'en penseront pas trop de mal. Je ne vous dis rien de la part d'Alfred, je crois qu'il vous écrira de son côté. Amusez-vous bien, courez, admirez et surtout ne tombez pas malade.

» T. à v.,

» GEORGE SAND. »

22 mars [1834].

« Écrivez-moi à Paris, quai Malaquais, 19, si vous avez quelque chose à me dire. »

III

RETOUR D'ITALIE

Le 22 mars 1834, il était donc décidé que George Sand et Alfred de Musset revenaient ensemble à Paris ; mais le 28, tout était changé. Les troisième, quatrième et cinquième chapitres de la dernière partie de la *Confession d'un enfant du siècle* donnent une idée de ce qui a dû se passer durant ces quelques jours. Musset, apparemment, crut faire acte de grandeur d'âme et de générosité en partant seul, laissant George Sand en compagnie de Pagello.

Avant de le quitter, ses « deux grands amis » remirent au voyageur un petit portefeuille portant ces deux dédicaces autographes [1]. Sur la première page :

A son bon camarade, frère et ami,
Sa maîtresse,

GEORGE.

Venise, 28 mars 1834.

Sur la dernière :

Pietro Pagello
raccomanda
M. Alfred de Musset
a Pietro Pinzio }
a Vicenzo Stefanelli } *Ingegneri.*
a M. J. R. Aggiunta. }

1. Ce carnet a 72 feuillets.

Sur le premier, envoi de George Sand.

Les feuillets 3 à 12 portent des notes manuscrites d'Alfred de Musset : — maximes, extraits de divers auteurs : Sénèque, Pindare, Marc-Aurèle, Homère, Byron, etc. ; d'autres encore, français, anglais, italiens.

Les feuillets 2, 15 — 48, 57 — 71 sont restés blancs.

Les feuillets 13, 14, 49 — 56 sont arrachés. Sur les fragments qui en restent, on distingue des traces d'écriture au crayon.

Sur le feuillet 72 et dernier, envoi de Pagello, écrit en sens inverse des autres pages.

C'est de ce carnet qu'il s'agit dans la lettre d'Alfred de Musset à George Sand datée du 15 juin 1834.

Alfred de Musset quitta Venise dans la journée ou dans la soirée du 29 mars 1834 ; son passeport nous fournit encore des indications précises :

Venezia, 28 marzo 1834. Dir. Gen. di Poli. Buono per Milano.

Vu au consulat de France à Venise. Bon pour se rendre à Paris. Venise, 29 mars 1834. — Le consul de France : SILVESTRE DE SACY.

Visto al Comando. Arona, 1 aprile 1834.

Vu au Pont Saint-Maurice, le 3 avril 1834, allant en France.

Vu à Genève, le 5 avril 1834. Bon pour Paris.

Vu à Bellegarde, le 6 avril 1834.

Il était accompagné par une sorte de domestique, nommé Antonio, que George Sand avait chargé de veiller sur son maître pendant le voyage et qui devait la tenir au courant des incidents de la route. Elle-même reconduisit Musset jusqu'à Mestre, dit-elle dans son *Histoire de ma Vie*, — jusqu'à Vicence, d'après une lettre d'elle à Boucoiran[1]. — Il lui écrivit de Padoue et de Genève ; elle, de son côté, lui adressa une lettre à Milan.

Le 12 avril, Alfred de Musset arriva à Paris (le 10, dit Paul dans la *Biographie*), exténué au physique et au moral. Il s'enferma dans sa chambre et, pendant plus d'un mois, il ne voulut voir personne.

« Je fus saisi d'une souffrance inattendue, raconte-t-il plus tard dans son *Poète déchu*[2] ; il me semblait que toutes mes idées tombaient comme des feuilles sèches, tandis que je ne sais quel sentiment inconnu, horriblement triste et tendre, s'élevait dans mon âme. Dès que je vis que je ne pouvais lutter, je m'abandonnai à la douleur, en désespéré... La dou-

1. Datée du 6 avril 1834 et publiée dans sa *Correspondance*, tome I, p. 265. — D'après une lettre qu'elle écrit le 15 avril 1834 à Musset lui-même, c'est le lendemain de son départ qu'elle est allée à Vicence pour savoir comment il avait passé sa première nuit de voyage (lettre inédite).

2. En 1839. — Paul de Musset en cite des fragments dans la *Biographie*,

leur se calma peu à peu, les larmes tarirent, les insomnies cessèrent, je connus et j'aimai la mélancolie. »

Ce qui entretenait encore le poète en ce malheureux état, c'était la correspondance établie entre lui et elle : n'étant plus en contact, ils renouvelaient leur rêve et poétisaient jusqu'à leurs querelles passées. En outre des lettres qu'ils s'adressaient tous les trois ou quatre jours, George Sand lui envoyait ses *Lettres d'un Voyageur* : la première, le 29 avril ; la deuxième, dans les premiers jours de juin (par l'entremise de Buloz) ; puis, le 17 juin, « la seconde moitié du second volume de *Jacques* », avec mission de la lire et d'y faire les coupures qu'il jugerait nécessaires[1]. C'est Musset qui s'occupait à Paris des affaires de George Sand, restée à Venise, voyait ses fournisseurs, s'entendait pour elle avec Buloz et lui faisait expédier par ses éditeurs les sommes dont ils lui étaient redevables.

D'autre part, il mandait ceci, dès le 30 avril, à son amie : « J'ai bien envie d'écrire notre histoire ; il me semble que cela me guérirait et m'élèverait le cœur. Je voudrais te bâtir un autel, fût-ce avec mes os ; mais j'attendrai ta permission formelle. » Et, le 12 mai, George Sand lui répondait : « Il m'est impossible de parler de moi dans un livre, dans la disposition d'esprit où je suis ; pour toi, fais ce que tu voudras, romans, sonnets, poèmes ; parle de moi comme tu l'entendras, je me livre à toi les yeux bandés. » Ce projet, on le sait, est devenu *la Confession d'un Enfant du siècle*. On a donc eu tort de prétendre que George Sand avait imaginé *Elle et Lui* pour répliquer à cette confession[2]. Non seulement elle était prévenue des intentions d'Alfred de Musset, mais elle l'autorisait à écrire. Bien plus, la rupture définitive s'étant consommée dans les premiers jours de mars 1835, et *la Revue des Deux Mondes* publiant dès le 15 septembre le deuxième chapitre de la première partie de *la Confession*, celle-ci fut commencée probablement avant cette rupture.

Pagello, emporté dans le même tourbillon, écrivait des

1. En tête de l'exemplaire de *Jacques* que possédait Alfred de Musset, se trouve cet envoi autographe : « George à Alfred. »

2. L'exemplaire de *la Confession d'un Enfant du siècle* appartenant à George Sand porte cette dédicace manuscrite : « A George Sand — Alf^{d} M^{t}. »

lettres, lui aussi; mais il n'osait s'adresser directement à Musset, il s'adressait à son ami Tattet. Voici la première de ces lettres que nous avons retrouvées :

« *7 giugno 1834, Venezia.*

» *Mio caro amico,*

» *Mi sono affrettato di eseguire la vostra commissione, son assicurato che le due casse di bottiglie sono già sulla strada della Francia. — Se niente arrivasse al contrario, scrivetemi, e vi servirò. — Madame G. vi saluta cordialmente, sta bene e si diverte abbastanza per questo poco che può offrire Venezia in confronto di Parigi. — Addio, buon amico. La nostra amicizia di un giorno sembra quella di due anni; forse ci vedremo a Parigi. — Non vi so dire nè il quando nè il come, so che ci rivedremo. — Se vedete Alfred de Musset, baciatelo per me.*

» *Addio, addio, vostro sincero*

» PIETRO PAGELLO. »

TRADUCTION

« Venise, 7 juin 1834.

» Mon cher ami,

» Je me suis hâté de faire votre commission et je me suis assuré que les deux caisses de bouteilles sont déjà sur la route de France. — S'il n'arrivait rien au contraire, écrivez-moi et je vous servirai. — Madame G. (George) vous salue cordialement; elle va bien de santé et se divertit suffisamment, pour le peu qu'offre Venise en comparaison de Paris. — Adieu, bon ami; notre amitié d'un jour semble celle de deux années; peut-être nous verrons-nous à Paris. — Je ne sais vous dire ni quand ni comment, je sais que nous nous reverrons. — Si vous voyez Alfred de Musset, embrassez-le pour moi.

» Adieu, adieu, votre sincère

» PIERRE PAGELLO. »

Pendant que s'échangeaient toutes ces lettres, on s'occupait d'Alfred de Musset et de George Sand à Paris beaucoup plus qu'ils ne l'auraient désiré. Le brusque retour du poète sans sa compagne avait prêté à des récits fort éloignés de la vérité :

ne sachant rien, on inventait. Les premières semaines, confiné dans sa solitude volontaire, Musset ignora ce qui se disait ; mais, dès sa rentrée dans le monde, ces méchants propos parvinrent à ses oreilles. Ce fut Buloz qui, sans le savoir, éveilla ses soupçons. Alfred de Musset donna le démenti le plus formel à tous ces mensonges et défendit énergiquement George Sand. Mais les insinuations malveillantes de Gustave Planche avaient fait leur chemin ; malgré ses efforts, Musset ne put imposer silence aux calomniateurs. De leur côté, les amis de George Sand avaient jasé à tort et à travers, et quand on sut qu'elle allait revenir avec le troisième complice, avec Pagello, ce fut un véritable scandale.

IV

VOYAGE DE MUSSET A BADE

George Sand, à son tour, avait quitté Venise; le 29 juillet, elle était à Milan, puis elle traversait la Suisse ; elle arrivait à Paris vers le 10 août, — avec Pagello. — Alfred de Musset, qu'elle avait prévenu depuis longtemps, l'attendait et leur premier soin fut de se revoir. C'est par le livre de madame Arvède Barine[1] qu'il faut connaître cette période de leur existence : brouilles et raccommodements se succèdent sans interruption, compliqués par la présence de Pagello devenu jaloux. Joignez enfin que tout le bruit fait autour d'eux déchire le bandeau brutalement : ils comprennent combien leur situation est fausse et ridicule.

Après un de ces orages, Alfred de Musset, n'y pouvant plus tenir, envoie ce billet à George Sand : « Je vais mettre une seconde fois la mer et la montagne entre nous ; si Dieu le permet, je reverrai ma mère, mais je ne reverrai jamais la France. »

1. *Alfred de Musset*, par Arvède Barine. Paris, Hachette, 1893, 1 vol. in-12. — L'auteur a consacré un long chapitre aux relations d'Alfred de Musset et de George Sand. Des documents précis habilement groupés, des extraits de lettres, en font un ensemble psychologique des plus attrayants.

En même temps, il écrivait à Buloz :

« Lundi, 18 [août 1834].

» Mon ami, ma mère me donne de quoi aller aux Pyrénées, et je vais partir. Dites-moi si vous croyez pouvoir, quand je serai là-bas, m'envoyer quelque argent. J'y vais pour travailler; je vous donnerai d'abord les vers que je vous ai promis, vous aurez ensuite et bientôt mon roman. Je m'engagerai, si vous voulez, à un dédit pour une époque que vous fixerez, et à laquelle vous recevrez le manuscrit entier, à moins de maladie grave, auquel cas, tout vous sera fidèlement rendu. Répondez-moi un mot ou venez me voir si vous avez le temps. Mais tout de suite, car je ne serai pas ici vendredi.

» T. à v.

» ALFR[d] DE MUSSET. »

Il devait aller à Toulouse pour voir son oncle, M. Desherbiers, alors sous-préfet à Lavaur ; de là aux Pyrénées, puis à Cadix. En conséquence de quoi, il partit pour... Bade. Nous avons de nouveau recours au passeport :

Vu au Ministère des affaires étrangères. Paris, 20 août 1834.
Vu pour Francfort et les bords du Rhin. Paris, 20 août 1834. Préfecture de police.
Vu à la légation de Bade. Paris, 21 août 1834.
Vu à la légation des villes libres d'Allemagne. Paris, 21 août 1834.
Vu pour les eaux de Bade. Strasbourg, 28 août 1834.
Baden, 30 August 1834. — (ILLISIBLE.)

D'autre part, George Sand s'était réfugiée à Nohant ; elle y était déjà installée le 31 août, seule, ayant eu la sagesse de laisser Pagello à Paris. Et entre Nohant et Bade recommença une nouvelle correspondance encore plus passionnée que celle entre Paris et Venise [1] ; et pendant ce temps-là Pagello, resté seul à Paris, inconnu, se lamentait de son isolement. — Voici ce qu'il écrivait à Alfred Tattet :

1. L'une de ces lettres a été publiée dans *l'Homme libre* du 14 avril 1877 et dans *le Figaro* du 28 avril 1882.

» *Parigi, 6 settembre 1834.*

» *Mio caro Alfredo,*

» *Il vostro povero amico è a Parigi. — Ho domandato di voi alla vostra casa, mi fu detto che siete alla campagna. Se avessi tempo, sarei venuto a darvi un bacio, ma come sono qui per poco ve lo mando in questo foglio. Non so quanti giorni ancora resterò a Parigi. — Voi sapete che io son obbligato di obbedire alla mia piccola borsa, e questa mi comanda di già la partenza. — Addio. — Se potrò vedervi a Parigi, sarò fortunato ; se non potrò, mandatemi un bacio anche voi in un pezzetto di carta.* Hôtel d'Orléans, n° 17, rue des Petits-Augustins. — *Addio, mio buono, mio sincero amico, addio.*

» *V° aff^mo amico,*

» PIETRO PAGELLO. »

TRADUCTION

« Paris, 6 septembre 1834.

» Mon cher Alfred,

» Votre pauvre ami est à Paris. — Je suis allé chez vous demander de vos nouvelles ; on m'a dit que vous étiez à la campagne. Si j'avais eu le temps, je serais allé vous embrasser, mais comme je suis ici pour peu, je vous embrasse par cette feuille. Je ne sais combien de jours encore je resterai à Paris ; vous savez que je suis obligé d'obéir à ma petite bourse, et celle-ci me commande déjà le départ. — Adieu. — Si je puis vous voir à Paris, je serai heureux ; si je ne puis, envoyez-moi un baiser, vous aussi, sur un petit bout de papier. Hôtel d'Orléans, n° 17, rue des Petits-Augustins. — Adieu, mon bon, mon sincère ami, adieu.

» Votre très affectionné ami,

» PIERRE PAGELLO. »

Alfred de Musset, dans *Une Bonne Fortune*, raconte un des incidents de son séjour à Bade[1]. Après un mois de promenades et

1. On trouvera d'autres détails dans : 1° *Alfred de Musset à Bade*, par Émile Krantz ; — extrait des *Annales de l'Est* ; in-8°, Nancy, Imprimerie Berger-Levrault et Cie, 1888 ; — 2° *Kleine Beiträge zur Würdigung Alfred de Musset (Poésies Nouvelles)*, von Dr Moritz Werner ; in-8°, Berlin, C. Vogt, 1896.

de distractions variées, entremêlées de travail, Alfred de Musset songea au retour; son amour, qu'il pensait calmer par l'absence, n'avait fait que s'exalter. Le 10 octobre, il passe à Strasbourg, et dès son arrivée à Paris, le 13, il écrit à George Sand, encore à Nohant : « Mon amour, me voilà ici; tu m'as écrit une lettre bien triste, mon pauvre ange, et j'arrive bien triste aussi. Tu veux bien que nous nous voyions ! Et moi, si je le veux!... » Quelques jours après, George Sand venait le rejoindre.

Pagello n'était pas encore parti, mais ce double retour le décida bien vite à reprendre le chemin de Venise, non sans avoir adressé une lettre d'adieu à son ami Alfred Tattet, en lui recommandant le silence :

MONSIEUR ALFRED TATTET

Rue Grange-Batelière, n° 13, Paris.

« *Parigi, 23 ottobre 1834.*

» *Mio buon amico,*

» *Prima di partire vi mando un bacio ancora. Vi congiuro di non dar parola giammai del mio amore con la George. — Non voglio vendette. — Parto colla sicurezza d'aver agito in uomo onesto. — Questo mi fa dimenticare la mia sofferenza e la mia povertà. — Addio, mio angelo. — Vi scriverò da Venezia. — Addio, addio.*

» PIETRO PAGELLO. »

TRADUCTION

« Paris, 23 actobre 1834.

» Mon bon ami,

» Avant de partir, je vous envoie encore un baiser. Je vous conjure de ne souffler jamais mot de mon amour avec la George. — Je ne veux pas de vengeances[1]. — Je pars avec la certitude d'avoir agi en honnête homme. — Ceci me

1. De plusieurs lettres de George Sand il ressort qu'au moment où elle est devenue la maîtresse de Pagello, « il s'est trouvé, dans sa vie à lui, de ces liens mal rompus avec ses anciennes maîtresses, des situations ridicules et désagréables » : au moment de la quitter, il semble craindre de voir se renouveler ces ennuis.

fait oublier ma souffrance et ma pauvreté. — Adieu, mon ange. — Je vous écrirai de Venise. — Adieu, adieu.

» PIERRE PAGELLO. »

V

A PARIS

Alfred Tattet avait dissuadé Musset de revoir George Sand; d'où, brouille entre les deux amis : Musset convenait bien, en son for intérieur, qu'il avait tort, mais ne voulait pas qu'on le lui dît. George Sand, ne connaissant pas encore les raisons invoquées par Tattet, voulut dissiper ce nuage :

« Mardi, 28 octobre 1834.

» Mon cher Tattet,

» J'apprends que j'ai été la cause indirecte et très involontaire d'un différend entre vous et Alfred. Je serais bien fâchée de savoir deux vieux amis désunis par rapport à moi. J'espère bien que cela ne sera pas.

» Dans tous les cas, je vous prie de venir me voir; après l'intérêt que vous m'avez témoigné, j'ai lieu d'être surprise et affligée de votre oubli. Je désire causer avec vous et vous attends à votre premier retour à Paris. Toujours quai Malaquais, 19.

» GEORGE SAND. »

« Quand vous serez ici[1], écrivez-moi un mot, je vous donnerai rendez-vous, car je suis souvent dehors ou enfermée. »

Mais à peine les deux amants se sont-ils revus qu'ils ne peuvent plus eux-mêmes s'entendre :

1. Alfred Tattet avait un domicile à Paris, 15 (et non 13), rue Grange-Batelière, mais il habitait le plus souvent une grande propriété qu'il possédait à Bury, près Margency, dans la vallée de Montmorency.

GEORGE SAND A ALFRED DE MUSSET

« N'ai-je pas prévu que tu souffrirais de ce passé qui t'exaltait comme un beau poème tant que je me refusais à toi et qui ne te paraît plus qu'un cauchemar à présent que tu me ressaisis? »

ALFRED DE MUSSET A GEORGE SAND

« Ne pense pas au passé! Non, non! Ne compare pas! Ne réfléchis pas! Je t'aime comme on n'a jamais aimé! »

Les crises se succèdent avec rapidité : ils s'adorent le matin et se disent des injures le soir, pour retomber le lendemain dans les bras l'un de l'autre. C'est la phase de leurs amours la plus tourmentée, la plus poignante : à la lecture de ce que madame Arvède Barine publie de leurs lettres, on se demande comment ils n'y ont pas laissé tous deux leur raison.

Alfred de Musset a la fièvre et George Sand veut prendre un déguisement pour venir le soigner chez sa mère : « Si je peux me lever, j'irai te voir », lui répond-il.

Le 8 novembre, Alfred de Musset provoque en duel Gustave Planche qui a mal parlé de George Sand; Planche lui fait des excuses, et, le 12 novembre, Musset écrit à son ami Tattet :

« Mon cher ami,

» Tout est fini. — Si par hasard on vous faisait quelques questions (comme il est possible qu'on vous soupçonne de m'avoir parlé); si enfin peut-être on allait vous voir, pour vous demander à vous-même si vous ne m'avez pas vu, répondez purement que non, que vous ne m'avez pas vu et soyez sûr que notre secret commun est bien gardé de ma part. — J'irai vous voir bientôt.

» A vous de cœur.

» ALFRED DE MUSSET. »

Puis il va dans la Côte-d'Or, à Montbard, chez l'un de ses parents. Quelques jours après, le « pauvre vieux lierre » est revenu où il s'attache.

Le 25 novembre, George Sand écrit à Sainte-Beuve que Musset ne veut plus la voir[1]; son exaltation touche à la folie: la rupture paraît complète. Le 15 décembre, George Sand est à Nohant; et le 13 janvier 1835, elle adresse cette lettre à Alfred Tattet :

« Monsieur,

» Il y a des opérations qui sont fort bien faites et qui font honneur à l'habileté du chirurgien, mais qui n'empêchent pas la maladie de revenir. En raison de cette possibilité, Alfred est redevenu mon amant; comme je présume qu'il sera bien aise de vous voir chez moi, je vous engage à venir dîner avec nous au premier jour de liberté que vous aurez. Puisse l'oubli que je fais de mon offense ramener l'amitié entre nous.

» Adieu, mon cher Tattet.

» Tout à vous,

» GEORGE SAND. »

Combien le ton de ce billet diffère de celui du 28 octobre 1834!... C'est que Musset avait parlé et raconté à George Sand, dans un moment d'expansion, que son ami Tattet avait fait de son mieux pour empêcher leur rapprochement : de là, colère de la maîtresse contre le gêneur, et, charmée de prendre sa revanche, elle tient à la lui faire savoir.

Peu après, se produit un incident qui remet Pagello en scène, et sur lequel nous n'avons pas d'autre renseignement que cette lettre écrite par George Sand à Alfred Tattet :

« 14 février 1835.

» Monsieur,

» J'ai une affaire indispensable à terminer avec vous. Il s'agit d'une affaire d'argent, dans laquelle je suis compromise d'honneur aux yeux de Pierre Pagello. J'ai besoin d'une attestation de vous, et vous êtes trop galant homme pour me la refuser. Je sais que vous m'êtes extrêmement hostile et j'ai peu sujet de vous bénir. Mais soyez sûr que j'ai trop le sentiment des

1. Lettre publiée par M. le vicomte de Spoelberch de Lovenjoul, ainsi que celle d'Alfred de Musset au même *(Cosmopolis)*.

convenances pour vous en faire des reproches et que jamais aucune vengeance de ma part ne cherchera à vous atteindre. Ayez donc, monsieur, la bonté de recevoir chez vous quatre tableaux qui appartiennent à Pierre Pagello et que je m'étais chargé de vendre. Voyant qu'il avait besoin d'argent et sachant, par l'avis d'un expert, que les tableaux ne valaient rien, je lui en donnai la somme de deux mille francs et j'y ajoutai le procédé de lui cacher le secours que [je] lui apportais. Je lui ai remis mille francs en argent et le tins quitte d'une somme plus forte qu'il me devait. Je crus devoir ces ménagements à sa position fâcheuse et délicate à Paris. Aujourd'hui, Pierre Pagello, averti par un de mes amis, me fait un grand crime de cette action et pense que je l'ai faite à dessein de la divulguer et d'avilir son nom ; d'abord, en racontant l'histoire telle qu'elle est, je n'ai point sujet de l'avilir ; ensuite, je ne l'ai racontée qu'à Alfred qui vous l'a redite, à vous seul. Voulez-vous avoir la bonté, monsieur, de rendre témoignage de ma discrétion, lorsque vous écrirez à Pierre Pagello ?

» En second lieu, cette personne insinue que je pourrais bien m'être défaite des tableaux à mon avantage, afin de me donner en même temps les gants d'une générosité singulière. Elle ajoute que, s'ils sont entre mes mains *en effet*, elle espère que vous voudrez bien les recevoir, afin de les lui renvoyer ou de les lui faire vendre. Je fais porter les tableaux chez vous ; voulez-vous bien en accuser réception à Pierre Pagello ? J'espère que oui. Vous avez pensé que le sentiment d'équité vous forçait à vous faire le bourreau d'une âme criminelle. Je ne savais pas que vous eussiez l'âme aussi austère et le bras aussi ferme. J'en souffre, mais je vous en estime d'autant plus, monsieur, et à cause de cela, je pense que vous me laverez de l'accusation de friponnerie, car, si votre amour de la vérité vous a commandé de me nuire, il doit vous commander de me réhabiliter sous les rapports par où je le mérite.

» Veuillez m'honorer d'un mot de réponse. J'ai l'honneur de vous saluer.

» GEORGE SAND. »

Cependant tous deux sont moralement à bout de forces; ils ne peuvent plus se voir sans se quereller et n'ont pas le courage de se quitter. C'est George Sand qui se reprend la première ; le 6 mars, elle écrit à Boucoiran : « Aidez-moi à partir aujourd'hui. » Et le lendemain, Musset, venant au rendez-vous, trouve la maison vide:

A MONSIEUR BOUCOIRAN[1]

Passage Choiseul, 28.

« Monsieur,

» Je sors de chez madame Sand et on m'apprend qu'elle est à Nohant. Ayez la bonté de me dire si cette nouvelle est vraie. Comme vous avez vu madame Sand ce matin, vous avez pu savoir quelles étaient ses intentions, et, si elle ne devait partir que demain, vous pourriez peut-être me dire si vous croyez qu'elle ait quelques raisons pour désirer de ne point me voir avant son départ. Je n'ai pas besoin d'ajouter que dans le cas où cela serait, je respecterais ses volontés.

» ALFRED DE MUSSET. »

Cette fois, c'était fini et bien fini. Ce fut une détente, un soulagement :

GEORGE SAND A BOUCOIRAN

« 9 mars 1835.

» Je suis très calme, j'ai fait ce que je devais faire. La seule chose qui me tourmente, c'est la santé d'Alfred. »

Pendant un mois environ, elle fut en proie à une sorte de maladie de langueur, puis le calme vint réellement, et bientôt l'indifférence.

Chez Musset, au contraire, l'apaisement parut se faire tout de suite, mais ce n'était qu'une apparence trompeuse :

J'ai vu le temps où ma jeunesse
Sur mes lèvres était sans cesse

1. Publié par M. le vicomte de Spoelberch de Lovenjoul *(Cosmopolis)*.

Prête à chanter comme un oiseau
Mais j'ai souffert un dur martyre
Et le moins que j'en pourrais dire,
Si je l'essayais sur ma lyre
La briserait comme un roseau[1]...

Le 21 juillet, il écrivait à son fidèle ami :

MONSIEUR ALFRED TATTET

A Baden, poste restante.

« Votre lettre, mon cher Alfred, est arrivée comme je n'étais pas à Paris, ce qui fait que ma réponse est en retard de quelques jours. Pour répondre d'abord à votre question sur ce qui regarde madame... (Affaire personnelle à Alfred Tattet)... je crois que ce que je puis vous dire de mieux, c'est qu'il y a tantôt huit ou neuf mois, j'étais où vous êtes, aussi triste que vous, logé peut-être dans la chambre où vous êtes, passant la journée à maudire le plus beau, le plus bleu ciel du monde et toutes les verdures possibles. Je dessinais de mémoire le portrait de mon infidèle; je vivais d'ennuis, de cigares et de pertes à la roulette. Je croyais que c'en était fait de moi pour toujours, que je n'en reviendrais jamais. Hélas! hélas! comme j'en suis revenu! Comme les cheveux m'ont repoussé sur la tête, le courage dans le ventre, l'indifférence dans le cœur, par-dessus le marché! Hélas! à mon retour, je me portais on ne peut mieux; et si je vous disais que le bon temps, c'est peut-être celui où on est chauve, désolé et pleurant!... Vous en viendrez là, mon ami. Je vous plains aujourd'hui bien sincèrement parce que vous souffrez. Quand vous serez guéri, vous n'en serez pas fâché, soyez-en sûr. Tout ce qui fait vivre est bon et sain. Je vous promets de vous tenir au courant de tout ce que je pourrai savoir.

» Je travaille à force. Combien de temps comptez-vous rester à Baden? Adieu, je suis à vous.

» ALFRED DE MUSSET. »

Hélas! non, Alfred de Musset « n'en était pas revenu... »

1. *La Nuit de mai.* Écrite en mai 1835.

Quelque chose s'était brisé en lui, laissant une plaie qui saigna jusqu'à sa mort.

VI

DEUX LIVRES

Le 15 janvier 1859, commençait dans la *Revue des Deux Mondes* la publication de *Elle et Lui*. Comment expliquer cet ouvrage ?

Ce n'est pas une réponse à la *Confession d'un Enfant du siècle :* nous avons donné la preuve que Musset, avant de l'écrire, avait l'autorisation de George Sand. Pourquoi ce silence de vingt-trois années si la *Confession* était une accusation mensongère ? Pourquoi n'avoir parlé que si tard, quand Musset n'était plus là pour la réplique ?

Après leur rupture, Musset avait continué d'écrire à George Sand, à des intervalles plus ou moins longs ; une correspondance d'un nouveau genre, tout amicale, s'était établie entre eux.

GEORGE SAND A ALFRED DE MUSSET

[1836.]

« Avec les gens qu'on n'aime ni n'estime, on peut avoir des exigences et ne pas se donner la peine de les motiver. De moi à toi, il n'en sera jamais ainsi, et je ne te demanderai jamais rien sans savoir de toi-même à quel point tu approuves ma demande. »

Pendant l'hiver de 1837, George Sand vient passer quelques jours à Paris ; ils se retrouvent et ont « six heures d'intimité fraternelle, après lesquelles il ne faudra jamais se mettre à douter l'un de l'autre, fût-on dix ans sans se voir et sans s'écrire ».

« Tu peux disposer de moi comme d'un ami et compter que je ferai avec joie tout ce qui te sera agréable », répond-elle, le 19 avril 1838, à Musset qui lui avait recommandé quelqu'un.

La même année ou l'année suivante, Musset impose silence à Alfred Tattet, qui avait raconté divers incidents du voyage à Venise :

« J'apprends, mon cher Alfred, que vous avez manqué plusieurs fois à la parole que vous m'aviez donnée de garder le silence sur tout ce qui s'est passé en Italie. Cela m'a fait beaucoup de peine, d'abord pour vous, qui manquez ainsi à votre promesse, et ensuite pour moi, qui ai cru, pendant plus de quatre ans, avoir un véritable ami.

» T. à v.

» ALF^d DE MUSSET. »

M. de Spoelberch de Lovenjoul, dans son récent travail, cite les lettres qu'« Elle » et « Lui » échangèrent en 1840 à propos de leur correspondance passée.

Dans les premiers jours de 1841, nouvelle rencontre des deux anciens amants, qui inspire à Alfred de Musset son *Souvenir*[1].

Au commencement de l'année 1844 Paul de Musset visite l'Italie et son frère lui rappelle l'ancien amour dans les stances qu'il lui dédie[2].

En 1854, George Sand, pour repousser les attaques de la *Biographie* de Mirecourt, adresse une lettre au journal *le Mousquetaire*[3] : « Je ne défendrai pas ici M. de Musset des offenses que vous lui faites. Il est de force à se défendre lui-même, et il ne s'agit que de moi pour le moment. C'est pourquoi je me borne à vous dire que je n'ai jamais confié à personne ce que vous croyez savoir de sa conduite à mon égard et que, par conséquent, vous avez été induit en erreur par quelqu'un qui a inventé ces faits. Vous dites qu'après le voyage en Italie, je n'ai jamais revu M. de Musset. Vous vous trompez, je l'ai beaucoup revu et je ne l'ai jamais revu sans lui serrer la main... »

Donc, malgré toutes ces bonnes relations d'amitié, vingt

1. Publié dans la *Revue des Deux Mondes* du 15 février 1841.

2. A mon frère revenant d'Italie. — *Revue des Deux Mondes*, 1er avril 1844.

3. Insérée dans le n° du 15 février 1854.

mois après la mort d'Alfred de Musset, *Elle et Lui* parut, d'abord dans la *Revue des Deux Mondes*, puis en volume. Grand tapage au profit de Buloz, mais scandale énorme et qui retomba sur l'auteur. Quelques amis de George Sand, qui détestaient Alfred de Musset et avaient toujours essayé de lui nuire, furent seuls à approuver, avec les ennemis personnels du poète ; le blâme fut général et il suffit de lire les journaux de l'époque pour s'en assurer.

Paul de Musset prit, comme il le devait, la défense d'Alfred. Sans rien dire à personne, il envoya *Lui et Elle* au *Magasin de Librairie*, dirigé par Charpentier, l'éditeur de son frère[1] ; ce fut par cette revue que madame de Musset mère apprit l'existence d'une réponse :

A MONSIEUR PAUL DE MUSSET

« Dimanche, 10 avril 1859.

» Si tu avais pris la peine, mon cher Paul, de m'écrire pour me donner tes raisons, comme tu l'as fait dans ta lettre d'hier, je n'aurais pas été si vivement impressionnée de cette nouvelle inattendue et je m'y serais probablement rendue comme je le fais aujourd'hui. Puisque la chose est faite, et sans remède, je m'y soumets, tout en regrettant amèrement de n'en avoir rien su d'avance. Je trouve ta première partie brillante de style, d'intérêt et d'esprit ; on ne dira toujours pas de ceci que c'est ennuyeux, comme on l'a dit de l'autre. Les portraits sont de main de maître et d'une ressemblance vivante.

» Mais j'en reviens à mes inquiétudes. Je crois que tu te fais une foule d'ennemis irréconciliables. Tous ces personnages existent encore ; sous leurs sobriquets, ils ne pourront manquer de se reconnaître. D'ailleurs, la dame les y aidera. C'est là vraiment la plus forte objection que j'ai toujours eue pour cette publication qui, dans ma prévision, t'attirera une foule de désagréments. Si ce n'était cette crainte, je ne pourrais m'empêcher d'être électrisée par des pages si belles et si bien écrites. Il y en a plusieurs d'étonnantes ; mais si j'avais été consultée, je t'aurais engagé à ne pas oublier la scène

1. *Lui et Elle* est publié dans les nos des 10, 25 avril et 10 mai 1859.

étrange qui s'est passée entre elle et moi à l'occasion du départ pour l'Italie.

» Je t'ai raconté cent fois qu'avant de partir, ton frère m'avait demandé mon consentement à ce triste voyage et que je l'avais obstinément refusé ; enfin, voyant mon désespoir, il s'était jeté à mes genoux en me disant : « Ne pleure pas, ma » mère. Si l'un de nous deux doit pleurer, ce ne sera pas » toi. » Ce sont ses propres paroles. Tu comprends que je ne les ai jamais oubliées ; il s'en alla, après m'avoir rassurée, et déclara à la dame qu'il ne pouvait pas partir, qu'il ne pouvait affliger sa mère. Le bon fils ! Que fit cette femme ? A neuf heures du soir, elle prit un fiacre et se fit conduire à ma porte. On vint m'avertir que quelqu'un me demandait en bas ; je descendis, me faisant suivre d'un domestique et n'y comprenant rien. Je montai dans cette voiture, voyant une femme seule. C'était elle. Alors elle employa toute l'éloquence dont elle était maîtresse à me décider à lui confier mon fils, me répétant qu'elle l'aimerait comme une mère, qu'elle le soignerait mieux que moi. Que sais-je ? La sirène m'arracha mon consentement. Je lui cédai, tout en larmes et à contre-cœur, car *il avait une mère prudente*, bien qu'elle ait osé dire le contraire dans *Elle et Lui*.

» Cette scène a son prix, et je suis fâchée qu'elle ne se trouve pas dans ton récit véridique. Vois si tu peux l'introduire en parlant des regrets qu'il laissa derrière lui dans sa famille.

» Adieu, mon cher fils. Je suis peinée de t'avoir affligé par ma lettre. Le sort en est jeté, nous verrons ce que l'avenir nous garde.

» Je t'embrasse et t'aime tendrement.

» EDMÉE. »

Certes, Paul de Musset eut raison de répondre ; nous blâmons seulement la manière. On ne riposte pas à un pamphlet par un autre pamphlet ; on ne réfute pas des faits dénaturés dans un sens en les dénaturant dans le sens contraire. Selon nous, le mieux eût été d'opposer des documents certains à ces histoires plus ou moins travesties ; de publier, en un mot, la correspondance même des deux amants : —

nous en revenons toujours là! — Paul de Musset pouvait le faire. George Sand, ayant les originaux, se croyait à l'abri de cette réplique : elle ignorait qu'Alfred de Musset, aussitôt après leur rupture définitive, avait confié ses lettres à madame Caroline Jaubert, et que celle-ci en avait pris la copie exacte[1].

Lui et Elle ne fit qu'augmenter le tapage; deux camps se formèrent et l'encre coula à flots. Nous ne prétendons pas écrire l'histoire de cette guerre; nous ne voulons plus que citer deux lettres inédites, la première et la dernière de celles que Paul de Musset recueillit en cette occasion et dont il forma tout un dossier.

AUGUSTINE BROHAN A PAUL DE MUSSET

« Avenue de Saint-Cloud, 28 mai 1859.

» Je viens de lire *Lui et Elle*, puis *Elle et Lui*. Cela, monsieur, vous sera sans doute fort indifférent d'avoir mon avis; mais votre esprit généreux comprendra que j'aie voulu vous le donner.

» Si vous vous souvenez de mon nom, vous vous souviendrez aussi que, pendant de longues années, notre grand poète, votre frère, m'appelait son *amie*, et ami, véritablement, je l'étais. Simplement, sans que cela fût la suite ou le commencement d'un autre voyage du cœur, il lui avait plu de se plaindre à moi de ces horribles souffrances qui avaient aigri et changé sa nature première, parce qu'il avait compris quelle sympathie il y avait dans mon âme pour sa pauvre âme brisée. Souvent il m'a dit que s'il y avait un remède pour le sauver de cette incurable maladie qui le minait, c'est moi qui le saurais trouver. Mais hélas! quels que fussent mes efforts, le besoin d'oublier le replongeait dans les étourdissements qu'il recherchait. D'ailleurs, là où votre affection échouait, il n'y avait plus de remède.

» Quand la mort, cruelle pour nous qui le perdions, est venue le délivrer, le seul regret qu'on peut raisonnablement avoir était de ne plus rien pouvoir pour lui; qui donc aurait pu jamais supposer qu'on eût à le venger? Il n'est pas besoin de

1. C'est du moins ce qu'affirme Paul de Musset dans une note manuscrite.

vous dire quel dégoût (il n'est pas non plus besoin d'être femme pour l'éprouver) quel dégoût, dis-je, prend à la gorge en lisant ce pamphlet d'*Elle et Lui !*...

» Assurément, mon intention n'est point de faire de grandes phrases, mais comment parler posément de cette audacieuse calomnie qui a tenté de ternir la mémoire illustre d'un génie et d'un cœur comme celui que nous pleurons !

» Je ne voulais, monsieur, que vous dire bonnement que votre réponse a déchargé ma colère, dont j'étouffais. Je voulais vous remercier d'avoir remis dans mon cœur, fidèle au souvenir, les mots, les idées, les *airs ressemblants* du cher mort. Vous m'avez donné de profondes joies et je vous devais de vous en dire ma reconnaissance.

» Alfred de Musset, vous l'avez bien voulu dire vous-même, appartient à la jeunesse, à ce qui souffre, à ce qui aime, et j'ai été jeune en son temps. J'ai souffert, — qui n'a pas souffert ? — et j'aime un bel enfant qui est le mien, à qui j'apprends à épeler dans ces belles poésies sorties du cœur du poète et qui devaient le protéger contre tous, quand encore on n'aurait pas eu l'honneur d'être aimée de lui.

» Recevez, monsieur, mes compliments les meilleurs et les plus empressés sur la noble façon dont vous avez rempli la tâche que tout esprit honnête voudrait avoir à remplir.

» BROHAN. »

Si véhémente que puisse paraître cette lettre, aujourd'hui que les esprits sont calmés, elle n'égale pas en violence *la Correspondance littéraire, le Journal des Débats, la Revue contemporaine*, etc.

PHILARÈTE CHASLES A MADAME CHODZKO

« 29 avril 1861.

» Vous devinez avec la grâce et la sûreté du coup d'œil les plus charmantes, chère madame, tout ce qui peut m'être cher et précieux. Il n'y a pas d'être plus noblement doué ni que je vénère plus que madame Dudevant. C'est le premier écrivain de cette époque, et si Dieu lui avait donné un peu plus de faiblesse, c'est-à-dire un peu plus d'amour, et avec ce don un peu plus d'indulgence (l'amour n'est que pardon), elle ne serait peut-être pas un peintre aussi incomparable. Elle n'aurait pas non plus commis les deux seules erreurs graves de sa vie, de parler de ses ancêtres féminins dans ses Mémoires et d'Alfred de Musset dans son livre. Deux malheurs que l'honnête homme a pu se permettre, mais que *la femme*, si elle eût été plus terriblement femme, n'aurait pas admises, alors même que le vilain monstre pécuniaire et corrupteur qui lui a soufflé ces crimes contre la délicatesse d'âme, l'eût encore plus violemment entraînée à les commettre.

» Mais il faut accepter ce que Dieu nous donne, la cerise avec son poison et l'ananas avec son ivresse et le soleil de l'Inde avec la fièvre. Il y a chez George Sand un génie de peinture, une grandeur de sentiment, une largeur chaude de style artistique, rares chez les génies les plus rares, qui mêlés à une probité et à une équité superbes, en font un des plus beaux honneurs de notre France actuelle.

» Je serai très heureux qu'elle veuille bien agréer mon humble hommage et je vous remercie bien cordialement d'une entremise qui me rend, certes, notre grand homme plus favorable...

» Mille tendres et très respectueux remerciements.

» PHILARÈTE CHASLES. »

Et maintenant que nous avons apporté notre part de témoignages, quand donnera-t-on la parole aux deux héros eux-mêmes pour confesser toute la vérité?

MAURICE CLOUARD

IMPRIMERIE CHAIX, RUE BERGÈRE, 20, PARIS. — 15712-8-96. — (Encre Lorilleux).

INDEX BIBLIOGRAPHIQUE

1833

20 et 25 Juin. — Le Temps. Critique de *Un Spectacle dans un Fauteuil*, par A. G. (2 art.).

11 Juillet. — Journal des Débats. Crit. de *Valentine*, par C. R. (Cuvillier-Fleury).

28 Juillet. — Journal des Débats. Crit. de *Un Spectacle dans un Fauteuil* et des *Contes d'Espagne et d'Italie*, par J. S.

LELIA, PAR G. SAND Paris. Dupuis et Tenré. 1833. 2 vol. in-8°.

7 Août. — Bagatelle. Crit. de *Lelia*, par Lottin de Laval.

9 Août. — Europe Littéraire. La Vie Littéraire, autrefois et aujourd'hui, par C. de Feuillide.

15 Août. — Revue des Deux-Mondes. Crit. de *Lelia*, par G. Planche.

22 Août. — Europe Littéraire. Crit. de *Lelia*, par C. de Feuillide.

24 Août. — Le Figaro. Il ou Elle (Sur le duel Planche-De Feuillide).

30 Août. — Echo de la Jeune France. Le Duel de G. Planche et de C. de Feuillide.

1 Septembre. — Le Petit Poucet. Le Duel de G. Planche et de C. de Feuillide.

1 Septembre. — Journal des Débats. Crit. de *Lelia*, par C. R. (Cuvillier-Fleury).

29 Septembre. Le National. Article par Sainte-Beuve.

4 Novembre. — Journal des Débats. Sur G. Sand, à propos d'*Indiana*, par J. J. (Janin).

29 Novembre. — Journal des Débats. G. Sand et les *Heures du Soir*, par J. J. (Janin).

1834

24 Mars. — Journal des Débats. G. Sand, à propos de *Valentine*, par J. J, (Janin).

15 Mai. — Revue des Deux-Mondes. 1re Lettre d'un Voyageur, par G. Sand.

15 Juillet. — Revue des Deux-Mondes. 2e Lettre d'un Voyageur, par G. Sand.

15 Septembre. — Revue des Deux-Mondes. 3e Lettre d'un Voyageur, par G. Sand.

1er Octobre. — Journal des Femmes. Crit. de *Un Spectacle dans un Fauteuil*, par Mme Cl. Robert.

1er Octobre. — Revue des Deux-Mondes. Crit. de *Jacques*, par G. Planche.

15 Octobre. — Revue des Deux-Mondes. 4e Lettre d'un Voyageur, par G. Sand.

1835

1er Janvier. — Revue des Deux-Mondes. Une bonne Fortune, par Alf. de Musset.

15 Janvier. — Revue des Deux-Mondes. 5e Lettre d'un Voyageur, par G. Sand.

15 Juin. — Revue des Deux-Mondes. La Nuit de Mai, par Alf. de Musset.

15 Juillet. — Mercure de France. Quelques gens de lettres dans leur intérieur, par une Contemporaine (Mme Ida Saint-Elme).

15 Septembre. — Revue des Deux-Mondes. Fragment de la Confession d'un Enfant du Siècle, par Alf. de Musset.

1er Décembre. — Revue des Deux-Mondes. La Nuit de Décembre, par Alf. de Musset.

1836

Confession d'un Enfant du Siècle, par Alf. de Musset. Paris. Bonnaire. 1836. 2 vol. in-8°.

15 Février. — Revue des Deux-Mondes. Crit. de *La Confession*, par Sainte-Beuve.

21 Février, — Chronique de Paris. Crit. de *La Confession*, par C. A. (Chaudesaignes).

1er Mars. — Revue des Deux-Mondes. Lettre à Lamartine, par Alf. de Musset.

10 Mars. — Petit Courrier des Dames. Crit. et Extr. de *La Confession*, n. s.

15 Mars. — Mercure de France. Crit. de *La Confession*, par S. H. Berthoudt.

15 Juin. — Echo de la Jeune France. Crit. de *La Confession*, n. s.

1er Juillet. — Revue des Deux-Mondes. Portrait de G. Sand gravé sur acier par Calamatta, d'après Eugène Delacroix.

15 Août. — Revue des Deux-Mondes. La Nuit d'Août, par Alf. de Musset.

Critiques et Portraits littéraires, par Sainte-Beuve. Paris. Renduel, 1832-1836. 3 vol. in-8°. Tome II, p. 283. Les *Nuits*, la *Confession* et les *Lettres d'un Voyageur*.

10 Octobre. — Petit Courrier des Dames. Note et Extr. de *La Nuit d'Août*.

1837

Lettres sur les Ecrivains français, par Van Engelgom (Jules Lecomte). Bruxelles. 1837. 1 vol. in-18, p. 35. Pourquoi, au théâtre, A. de Musset fuyait à la vue de G. Sand.

10 Mars. — La Fronde. Crit. de *La Confession*, n. s.

Lettres d'un Voyageur, par G. Sand. Paris. Souverain. 1837. 2 vol. in-8°.

1839

Le Poëte déchu, par Alfred de Musset. Œuvre inédite.

1840

Confession d'un Enfant du Siècle, par Alf. de Musset. Paris. Charpentier. 1840. 1 vol. in-12.

1841

Les Écrivains modernes de la France, par Chaudesaignes. Paris. Gosselin. 1841. 1 vol. in-12 — p. 88. Analyse de *La Confession*. (Reproduction, avec quelques changements, de l'art. de la *Chronique de Paris* du 21 Février 1836).

15 Février. — Revue des Deux-Mondes. Souvenir, poésie par Alf. de Musset.

1844

1er Avril. — Revue des Deux-Mondes. — A mon frère revenant d'Italie, stances, par A. de Musset — Le Constitutionnel du 6 Avril en publie un extrait.

1846

18 Janvier. — L'Artiste. Alf. de Musset, G. Sand et le Voyage en Italie, les *Nuits* par H. Vermot. Fragm. d'une Lettre de G. Sand.

1848

21-24 Juin. — Petit-fils du Père Duchène. Note sur le Pamphlet : Intrigues et Amours de G. Sand (par Brault, in-8°).

1850

1er Juillet, — L'Artiste. Parallèle du talent de Musset et de celui de G. Sand.

1853

Portraits a la Plume, par Clément de Ris. Paris. Didier. 1853. 1 vol. in-12 — p. 30. Crit. de *La Confession*.

1854

Alfred de Musset, par Eugène de Mirecourt. Paris. Roret. 1854. 1 vol. in-32.

George Sand, par Eugène de Mirecourt. Paris. Roret. 1854. 1 vol. in-32.

15 Février. — Le Mousquetaire. Lettre de G. Sand à propos de la *Biographie* de Mirecourt.

12 Mars. — Le Mousquetaire. Crit. de *La Confession* par A. Dumas.

Histoire de ma Vie, par G. Sand. Paris. Lecou. 1854-1855. 20 vol. in-8° — Tome XVII, p. 219-233, Le Voyage en Italie.

1857

10 Mai. — Gazette de Paris. Sur *La Confession*, par Ph. Audebrand.

9 Juin. — Les Contemporains. Comment écrivaient A. de Musset et G. Sand, par Mirecourt.

1858

3 Juillet. — L'Artiste. Alf. de Musset et G. Sand.

1859

Elle et Lui, par G. Sand. Revue des Deux-Mondes, 15 Janvier, 1er et 15 Février, 15 Mars.

Elle et Lui, par G. Sand. Paris. Hachette. 1859. 1 vol. in-12.

Lui et Elle, par Paul de Musset. Magasin de Librairie, 10 et 25 Avril, 10 Mai.

Lui, par Mme L. Colet. Messager de Paris, du 23 août au 16 septembre (22 feuilletons).

3 Mars. — Journal des Débats. Crit. de *Elle et Lui*, par Prevost Paradol.

5 Avril. — Correspondance Littéraire. Crit. de *Elle et Lui*, par Lud. Lalanne.

11 Avril. — La Mode. Crit. de *Elle et Lui*, par U. Guttinguer.

15 Avril. — Revue Anecdotique. Sur *Elle et Lui, Lui et Elle*, clef des personnages.

20 Avril et 5 Mai. — Correspondance Littéraire. Crit. de *Lui et Elle*, par Lud. Lalanne.

21 Mai. — L'Illustration. Crit. de *Elle et Lui*.

24 Mai. — Le Siècle. Crit. de *Elle et Lui, Lui et Elle*, par T. Delord.

7 Juin. — Gazette de France. Crit. de *Elle et Lui*.

15 Juin. — Le Pays. Crit. de *Elle et Lui, Lui et Elle*, par Barbey d'Aurevilly.

25 Juillet. — Le Correspondant. Crit. de *Elle et Lui, Lui et Elle*, par A. de Pontmartin.

15 Août. — Revue Contemporaine. Confessions de deux Enfants du Siècle, par H. Babou.

18 Août. — Revue de l'Instruction publique. Crit. de *Elle et Lui*, par A. Claveau.

15 Octobre. — Revue des Deux-Mondes. Préface de Jean de la Roche, par G. Sand.

1er Novembre. — Revue Anecdotique. A propos de *Lui*, extrait du Causeur.

25 Novembre. — Correspondance Littéraire. La Préface de *Jean de la Roche* et A. de Musset.

27 Novembre. — Journal des Débats. Crit. de *Lui*, par Cuvillier-Fleury.

10 Décembre. — Magasin de Librairie. Crit. de *Lui*, par T. Delord.

L'Année Littéraire, par Vapereau. Année 1859. Paris. Hachette. 1 vol. in-12 — p. 63. A propos de *Elle et Lui* — p. 91. Sur *Lui et Elle* — p. 94. Sur *Lui*.

1860

Lui et Elle, par Paul de Musset. Paris. Charpentier. 1860. 1 vol. in-12.

Lui, par Mme L. Colet. Paris. Bourdilliat. 1860. 1 vol. in-12.

Eux, drame contemporain, par Moi [A. Doinet]. Caen, Legost-Clérisse. 1860. 1 vol. in-12.

Eux et Elles, par M. de Lescure. Paris. Poulet-Malassis et De Broise. 1860. 1 vol. in-12.

1er Janvier. — Revue Anecdotique. Note sur *Eux*, pseudonyme de l'auteur.

Janvier. — Bentley's quaterly rewiew, Etude sur G. Sand.

25 Janvier. — Correspondance Littéraire. Crit. de *Lui et Elle*, par. Lud. Lalanne.

14 Février. — Le Gaulois. Les Amours d'un poète, idylle en 4 colonnes, par A. Delatouche.

19 Février. — Le Gaulois. Note relative aux Amours d'un Poète.

Jean de la Roche, par G. Sand. Paris. Hachette. 1860. 1 vol. in-12.

1er Mars. — Revue Anecdotique. Stances sur *Lui*, par Andrea P.

25 Mars. — Correspondance Littéraire. A propos des vers d'Andrea P.

1er Avril. — Revue Anecdotique. Note sur le livre de M. de Lescure.

Année littéraire et dramatique, par A. Vapereau. 3e année, 1860. Paris. Hachette. 1 vol. in-12 — p. 145. Des clefs de roman, à propos de *Jean de la Roche*.

1861

1er Octobre. — Revue Anecdotique. Clef des personnages de *Lui*.

1862

Alfred de Musset, par Adolphe Perreau. Paris. Poulet-Malassis. 1862. 1 vol. in-12 — p. 21 à 40. Alf. de Musset et G. Sand, les *Nuits*, etc.

La Nuit de Mai, par Alf. de Musset. Traduction en vers latins par M. Eugène Beaufrère. Nîmes. Imp. Lafare et Attenoux. 1862. Br. in-8°.

1863

Les Morts vont vite, par Alexandre Dumas. Paris. M. Levy. 1863. 2 vol. in-12. Tome II, p. 109, 135, 165. Sur *La Confession*, etc...

1864

15 Mars. — Nouvelle Revue de Paris. Crit. de *Elle et Lui*.

Alfred de Musset devant la jeunesse, par Lissagaray. Paris. Cournol. 1864. Br. in-8° — p. 15. Sur *La Confession*, etc...

19 Mars. — Petite Revue. Réfutation de la conférence de M. Lissagaray, par Pincebourde.

8 Mai. Le Temps. Réfutation de la conférence de M. Lissagaray, par H. de Lagardie.

1865

Les Poésies d'A. de Musset, par Ch. Bigot, conférence. Nevers. Tous les libraires. 1865. Br. in-8° — p. 7. Alfred de Musset et G. Sand, désespoir du poète trahi.

17 Juin. — Petite Revue. Deux sonnets sur *Chatterton* à Alf. de Vigny par G. Sand et Alf. de Musset. Lettre de Ratisbonne à ce sujet (1). Reproduit dans : Gazette Anecdotique, 28 février 1877 — Les Annales, 18 Décembre 1887.

1866

1er Avril. — Revue du XIXe siècle. La littéraire de 1830.

Œuvres d'Alfred de Musset. Edition dédiée aux Amis du poète avec une Notice biographique par son frère. Paris. Charpentier. 1865-1866. 10 vol. in-4° — Tome X, p. 19 à 27. Le Voyage en Italie, les *Nuits*, la *Confession* — p. 32-33, sur le *Poète déchu*, le *Souvenir*.

---

(1). J'ai trouvé dans les papiers d'Alf. de Musset une Lettre de Paul de Musset à L. Ratisbonne, par laquelle il nie absolument l'authenticité de ces sonnets. Cette lettre, datée du 9 Mai 1865, est inédite.

1er Décembre. — Revue du XIXe Siècle. A. de Musset et G. Sand, d'ap. Pierre Leroux.

1869

PORTRAITS CONTEMPORAINS, PAR SAINTE-BEUVE. Nouvelle édition. Paris. C. Levy. 1869. 5 vol. in-12 — Tome I, p. 516. Lettre de G. Sand à Sainte-Beuve.

THE NIGHT IN OCTOBER, translated from the French of Alfred de Musset by Aunt Jane. Paris. Plon. 1869. Br. in-8°.

1873

LES COULISSES DU PASSÉ, PAR P. FOUCHER. Paris. Dentu. 1873. 1 vol. in 12 — p. 282. Le désespoir d'A. de Musset. — p. 371. A. de Musset et G. Sand dans les *Portraits* de Sainte-Beuve.

11 Mars. — Le Corsaire. Sonnet a G. Sand : « Telle de l'Angelus » par A. de Musset. — Reproduit dans : Le Constitutionnel. 12 janvier 1881. Le Figaro, 15 janvier 1881. Gaulois, 19 août 1896, etc.

1875

ALFRED DE MUSSET, PAR H. SECRÉTAN. Lauzanne, Impr. Howard Delisle. 1875. 1 vol. in-8° — p. 68. Georges Sand et A. de Musset; fragments de trois lettres de G. Sand à Sainte-Beuve.

LES NUITS D'ALF. DE MUSSET, fragments. Musique de A. de Massa. Paris. Durand Schoenewerck et Cie. 1875. Gr. in-8°. titre lithographié par L. Denis (2).

1876

31 Mars. — Gazette Anecdotique. Crit. de *Lui* par G. d'Heilly.

LA CONFESSION D'UN ENFANT DU SIÈCLE, PAR ALFR. DE MUSSET, orné de 1 portrait et 1 Eau Forte. Paris. Charpentier. 1876. 1 vol. in-32.

ROMANCIERS CONTEMPORAINS, PAR MARIUS TOPIN. Paris. Charpentier. 1876. 1 vol. in-12. — p. 31, sur *Lui et Elle*, *Elle et Lui*.

1877

BIOGRAPHIE D'A. DE MUSSET, PAR PAUL DE MUSSET. Paris. Charpentier. 1877. 1 vol. in-12 — Voir p. 118, 125 à 132, 139, 144 et 260.

14 Avril. — L'Homme Libre. Lettre d'Alf. de Musset à G. Sand, et Stances à G. Sand : « Porte ta vie... » par Alf. de Musset.
Stances reproduites dans : Annales Politiques et littéraires, 19 Avril 1891. — Observateur Français, 21 Avril 1891. — Courrier de Londres et de l'Europe, 26 Avril 1891. — Gazette Anecdotique, 15 Mai 1891. — Le Jour, 11 Mai 1891. — Simple Revue, 1 Juillet 1894. — Pages d'Art et de Sciences (Bruxelles), décembre 1894, etc...

ALFRED DE MUSSET VON PAUL LINDAU. Berlin. A. Hoffmann. 1877. 1 vol in-8° — p. 118 et suiv. : A. de Musset et G. Sand, les *Lettres d'un Voyageur*, *Lui et Elle*, *Elle et Lui*, *Lui*, etc.

1878

15 Mars. — Revue des Deux-Mondes. Sur *Elle et Lui*, par d'Haussonville.

CATALOGUE DE LETTRES AUTOGRAPHES comprenant les Correspondances de P. Chasles, G. Planche et Sauvage. Vente, rue des Bons-Enfants, le 28 Juin 1878. Paris. G. Charavay, 1878. Br. in-8° — nos 141 et 142.

---

(2). Autre édition musicale dont je n'ai pas la date de publication :
LES NUITS, DIALOGUES, poésies d'A. de Musset, musique de Paul-Emile Berchon. Paris. L. Mayaud. In-4°, titre ornementé.

Lettres d'Alf. de Musset à G. Planche et réponse de celui-ci, 8 et 10 Nov. 1834. — Provocation en duel à propos de G. Sand et excuses.

Sept.-Oct. — The North American Rewiew. Musset et G. Sand, par T. S. Perry.

Lui et Elle, par Paul de Musset, avec deux dessins de Rochegrosse. Paris. Charpentier. 1878. 1 vol. in-32.

1er Novembre. — Revue des Deux-Mondes. Après la lecture d'Indiana, stances, par A. de Musset.

1879

7 Février. — Revue du XIXe Siècle. A propos de l'édition in-32 de *Lui et Elle*, par Ch. Bigot.

Sainte-Beuve et ses Inconnues, par A. Pons. Paris. Ollendorff. 1879. 1 vol. in-12 — p. 115 à 121. A. de Musset et G. Sand, leur correspondance, extraits, etc.

Alf. de Musset. Spowiedz' Dzieciecia Wieku przklad L. Kaczynskiej. Warszawa. Nakladem Radakcyl Przegladu Tygodniowego. 1879. 2 vol. in-16. Traduction de la Confession d'un Enfant du Siècle.

1880

The Poet and the Muse, being a version of A. de Musset's : La Nuit de Mai, la Nuit d'Août and la Nuit d'Octobre, with an Introduction by Walter Herries Pollock. London. Richard Bentley son. 1880. 1 vol. in-12.

A. de Musset. La Confesión de un Hijo del Siglo, traduccion de R. G. Madrid, Imprenta de la Gaceta Universal. 1880. 1 vol. in-12.

Un Amour de Musset, par Auguste Marin, comédie en 1 acte en vers. Paris. Dentu. 1880. 1 vol. in-12 — Les deux personnages de cette pièce, représentée pour la 1re fois à Marseille, sur le théâtre du Gymnase le 13 Janvier 1880, sont G. Sand et A. de Musset — Voir année 1895.

Septembre. — Temple Bar Magazine (Londres). Alf. de Musset, n. s.

1881

15 Janvier. — Gazette Anecdotique. Note relative à la Correspondance de G. Sand et d'A. de Musset.

1. Février. — The Fortnightly Rewiew (Londres). Tennyson et Musset, par A. C. Swinburn — p. 137 et suiv. : G. Sand, la *Confession*, etc.

1 Avril. — Revue Bordelaise. Un mot sur A. de Musset et G. Sand.

1 Mai. — Illustrazione Italiana (Milan). Le Dr Pagello et G. Sand à Venise.

Documents Littéraires par Emile Zola. Paris. Charpentier. 1881. 1 vol. in-12 — Voir p. 101, 207, 224, 276.

28 Octobre. — Le Parlement. Note inédite de P. de Musset sur *Elle et Lui*.

1882

26 Avril. — Le Figaro. Lettre de G. Sand où il s'agit de Musset.

28 Avril. — Le Figaro. Lettre d'A. de Musset à G. Sand (déjà publiée dans l'Homme-Libre, 1877).

25 Juillet. — Intermédiaire des Chercheurs. Clef partielle de *Elle et Lui*.

15 Août. — Revue des Deux-Mondes. Crit. de *Elle et Lui*, *Lui et Elle*, *Lui*, par Max. Ducamp.

3 Septembre. — Le Figaro. Stances à G. Sand ; « Te voilà revenu », par A. de Musset, art. de Racot (Extrait des Souvenirs de Max. Ducamp). Reproduit dans Gazette de France, 1882. — Saint-Raphaël-Revue, 28 Juin 1896.

19-20 Septembre. — République Française. G. Sand et sa Correspondance, par A. Leroy.

14 Octobre, — Le Figaro. Lettre de G. Sand à Mirecourt (déjà publiée dans le Mousquetaire, 1854).

Las Noches de Alfredo de Musset, version castellana en verso per Guillermo Belmonte. Madrid. 1882. 1 vol. in-32.

Correspondance de G. Sand, 1812-1876. Paris. C. Levy. 1882. 6 vol. in-12 — Voir principalement les tomes II et III.

Souvenirs littéraires, par Maxime Ducamp. Paris. Hachette. 1882-1883. 2 vol. in-8° — Voir tome II, p. 339 et suiv., 348, 360.

1883

25 Février. — Intermédiaire des Chercheurs. Sur la clef de *Elle et Lui.*

4 Mai. — Le Gaulois. Sur *Elle et Lui, Lui et Elle.*

10 Mai. — Intermédiaire des Chercheurs. Serenata a G. Sand, par P. Pagello,

1885

Volupté, par Sainte-Beuve. 11e Edition. Paris. Charpentier. 1885. 1 vol. in-12 — p. 399. Lettre de G. Sand à Sainte-Beuve.

Les Confessions, par Arsène Houssaye. Paris. Dentu. 1885. 4 vol. in-8° (voir 1891) — Tome I, p. 271 à 283. Tome II. p. 1 à 37.

1886

Catalogue de Lettres autographes, vente du Lundi 10 Mai 1886, Hôtel Drouot. Paris. Eug. Charavay. Br. in-8° — n° 226. Lettre de G. Sand à Pagello et analyse de cette lettre.

30 Juin. — Gazette Anecdotique, p. 272. Analyse de la lettre de G. Sand à Pagello.

1887

Éditions originales des Romantiques, par L. Derôme. Paris. Rouveyre. 1887. 2 vol. in-8° — Voir tome I. p. 63-64.

3 Mai (21 Avril). — Rouskya Kourier (Moscou). Alf. de Musset et G. Sand.

Octobre. — Annales de l'Est. n° 4. — Af. de Musset à Bade, par *E.* Krantz. lettres inédites.

1888

Alf. de Musset a Bade, par Emile Krantz, avec lettres inédites. Extrait des Annales de l'Est. Nancy. Impr. Berger-Levrault. 1888. Br. in-8°.

3 Mars. — Gil-Blas. G. Sand et A. de Musset, par A. Silvestre.

15 Juillet. — Revue de Paris et de Saint-Pétersbourg. A. de Musset et G. Sand en Italie, par A. Houssaye.

1889

27 Avril. — Le Figaro. G. Sand, A. de Musset et Mme de Belgiojoso, par A. Houssaye.

10 Juin. — Revue de Paris et de Saint-Pétersbourg. Dialogue des Morts et Vivants, par Alceste.

1891

Les Confessions, par Ars. Houssaye, tomes V et VI. Paris. Dentu. 1891. 2 vol. in-8° — Voir tome V, p. 168.

19 Avril. — Annales Politiques et Littéraires. A. de Musset et G. Sand, d'après M. Brisson.

Confession d'un Enfant du Siècle, par A. de Musset. Dix compositions de P. Jazet gravées à l'eau forte par Abot. Paris. Ancienne Maison Quantin. May et Motteroz. 1891. 1 vol. in-4°.

1892

Etudes et Récits sur A. de Musset, par Mme de Janzé. Paris. Plon. 1892. 1 vol. in-12 — p. 26 à 43. G. Sand et A. de Musset.

6 Mars. — Le Soir (Bruxelles). — Sur la Correspondance de Musset et de Sand.

5 Mai. — La Dépêche (Toulouse). Les femmes d'A. de Musset, par Pierre et Paul.

12 Septembre. — Morning Post (Londres). A. de Musset et G. Sand, d'ap. Max. Ducamp.

15 Octobre. — Revue Politique et Littéraire (Revue Bleue). G. Sand et A. de Musset, par F. Grenier, avec extraits de leurs lettres.

20 Novembre. Intermédiaire des Chercheurs. La Correspondance Sand et Musset, par le Dr Cabanès.

The Confession of a child of the Century, by, A. de Musset. Translated by Kendall Warren. Chicago. C. H. Sergel and Co. 1892. 1 vol. in-12.

21 Novembre. — L'Éclair. La Correspondance de Musset et de G. Sand.

22 Novembre. — Morning Post (Londres). Sur la Correspondance Musset-Sand.

25 Novembre. — L'Estafette. A propos de l'article du Dr Cabanès dans l'Intermédiaire.

8 Décembre. — Indépendance Belge. L'affaire de la Correspondance Sand-Musset, d'ap. le Dr Cabanès.

15 Avril 1892 à 15 Janvier 1893. Université Catholique. Les *Confessions* de Saint-Augustin, J.-J. Rousseau et A. de Musset, par C. Douais (8 articles).

1893

2 Janvier. — Le Gaulois. Sur la Correspondance Sand-Musset, par H. Lapauze.

5 Janvier. — El Correo (Madrid). La Correspondance Sand-Musset.

6 Février. — L'Univers. Crit. du Cours de M. Benoist.

8 Février. — Courrier de l'Ain. Sur le Cours de M. Benoist, réplique à l'Univers, par F. A.

15 et 22 Février. — Le Figaro. La Correspondance de G. Sand et Sainte-Beuve, par le Vicomte de Spoelberch de Lovenjoul.

18 Février. Echo de Paris. Influence de G. Sand sur A. de Musset, par A. Silvestre.

22 Février. — L'Evènement. Les amours de G. Sand.

Mars. — The Nineteenth Century (Londres) — p. 529. A. de Musset et G. Sand, par L. Katscher.

Alfred de Musset, par Mme Arvède Barine. Paris. Hachette. 1893. 1 vol. in-12 — p. 57 à 90. A. de Musset et G. Sand, extraits de leur Correspondance — p. 94 et 134.

29 Mai. — The Oriental Advertiser (Constantinople). Les Amoureux célèbres, G. Sand, Mme de Belgiojoso et A. de Musset. La Correspondance d'A. de Musset et de G. Sand.

3 Juin. — Le Gaulois. Des romans à clefs, par P. Roche.

15 Juin. — Monde Thermal. A. de Musset et G. Sand, d'ap. Mme Barine, par Saint-Herem.

24 Juin. — Le Siècle. Deux ancêtres, G. Sand et A. de Mussset, par Charley.

26 Juin. — Gazette de France. A. de Musset et G. Sand d'ap. Mme Barine, par E. Biré.

15 Juillet. — Le Téléphone. G. Sand et A. de Musset d'ap. Mme Barine, par E. Trolliet.

21 Juillet. — Le Temps. Crit. du livre de Mme Barine, par A. Bossert.

28 Août. — Moniteur Universel. G. Sand, Musset et Pagello, d'après Mme Barine, par R. Doumic.

21 Septembre. Le Gaulois. A. de Musset et G. Sand, d'ap. Mme Barine, par A. Filon.

31 Décembre. — Le Figaro. Sur les portraits de G. de Sand, dessinés par A. de Musset.

1894

11 et 12 Février. Le Gaulois. Sur la Correspondance Sand-Musset.

17 Février. — Irish Times (Dublin). Crit. de la Conférence de M. Guilgault, sur G. Sand et la *Nuit de Mai*.

31 Mars. — L'Etoile Belge (Bruxelles). Sur la Correspondance Sand-Musset.

Les Lundis d'un Chercheur, par le Vte de Spoelberch de Lovenjoul. Paris. C. Levy. 1894. 1 vol. in-12 — p. 149 à 180. Les lettres inédites de G. Sand.

17 Août. — Le Gaulois. Quand publiera-t-on la Correspondance Sand-Musset?

Alfred de Musset af Sven Sodermann. Stockolm. 1894. 1 vol. in-8° — p. 98. A. de Musset, G. Sand, Voyage en Italie, les *Nuits, Lettres d'un Voyageur, Elle et Lui, Lui et Elle*, etc. — p. 112. Stances à G. Sand « Te voilà revenu ».

2 Décembre. — Courrier de l'Aisne. A. de Musset et G. Sand en Italie, par A. Houssaye.

15 Décembre. — Revue de Paris. Une amitié romanesque, G. Sand et Mme d'Agoult, par S. Rocheblave.

Alfred de Musset, par A. Claveau. Paris. Lecène et Oudin. 1894. 1 vol. in-8° — p. 37 à 52, La Crise, G. Sand, les *Nuits*.

1895

12 Janvier. — Le Gaulois. Sur la Correspondance Sand-Musset, sa publication, par H. Lapauze.

Mars. — Magasin Littéraire. Quatrain à G. Planche, par A. de Musset.

1 Mai. — Nouvelle Revue. Deux lettres inédites de G. Sand à Sainte-Beuve, par Ch. de Lomenie.

Anonyme. Un Amour de Poète. Un acte, en vers. Collection de l'Impressario. 1895. Br. in-16. — Cette pièce, qui a pour auteurs MM. Léon d'Agenais et Roger Dubled, est à 2 personnages, G. Sand et A. de Musset. Elle a été représentée en janvier 1896 au Théâtre Mondain de la Cité d'Antin. — C'est la réimpression textuelle, sans aucun changement de Un Amour de Musset par Auguste Marin, 1880.

1896

A. de Musset. Les Nuits et Souvenirs. Un portrait d'ap. David d'Angers et 17 vignettes d'ap. A. Gerardin. Paris. Pelletan. 1896. 1 vol. in-8°.

24 Janvier. — Le Siècle. Crit. de *Un Amour de Poète*, pièce en 1 acte.

23 Février. — Journal des Débats. Crit. de l'étude de M. Sven Sodermann sur A. de Musset (1894).

25 Mars. — Illustrazione Populare (Milan).

19 Avril. — L'Estafette. Projet de M. Rocheblave de publier la Correspondance Sand-Musset,

1 Mai et 1 Juin. — Cosmopolis. La Véritable Histoire d'Elle et de Lui, par le Vicomte de Spoelberch de Lovenjoul (2 art.) (1).

25 Mai. — Paris. Sur *Elle et Lui, Lui et Elle*, a propos de l'art. de Cosmopolis.

30 Mai. — Le Gaulois. Crit. de l'art. de Cosmopolis, par A. Galdemar.

1 Juin. — La Gironde (Bordeaux).

3 Juin. — Le Radical (Marseille).

4 Juin. — Le Courrier de l'Aisne (Laon).

6 Juin. — L'Echo du Nord (Lille). Analyse et Extr. de la Lettre de G. Sand à Pagello.

13 Juin. — Revue Encyclopédique. p. 420. Les lettres de Musset et de G. Sand, d'ap. l'art. de Cosmopolis.

10 Mai à 28 Juin. — Saint Raphael-Revue. Alfred de Musset, par Jean Morin, 8 articles. Voir les n^os des 17 Mai, 21 et 28 Juin.

8 Juillet. — Journal de Genève.

15 Juillet. — Revue d'Histoire littéraire de France.

15 Juillet. — La Vie Contemporaine, p. 139. Les Amantes lyriques, par E. Besnus.

19 Juillet. — Le Monde Artiste, p. 454. Crit. de l'art. de Cosmopolis, Extraits de Lettres.

19 Juillet. — Neue freie Presse (Vienne). Sie und Er, Elle et Lui, par W.

1er Août. — Revue Hebdomadaire. Un roman vécu à trois personnages, G. Sand, A. de Musset et le Dr Pagello, par le Dr Cabanès.

1er août. — Paris.

2 août. — L'Evènement. Des lettres, Musset et G. Sand, par Maxime Rude.

2 Août. — Le Voltaire. Histoire d'amour, par Raoul Deberdt.

5 Août. — Gil Blas. Musset et G. Sand, par Gabriel Seguy.

6 Août. — Gaulois. Les Femmes de Musset, par H. Lapauze.

9 Août. — Eclair. Elle, Lui et l'Autre, d'ap le Dr Cabanès.

9-10 Août. — Précurseur (Anvers). Musset et G. Sand. Extr. de Paris.

11 Août. — Paris. Les petits Papiers, par Caribert.

13 Août. — Journal des Débats. Sur Musset, à propos de l'art. du Dr Cabanès, par Ed. Rod.

14 Août. — Le Gaulois. A. de Musset et G. Sand, lettres inédites, d'ap. la Revue de Paris, par H. Lapauze.

15 Août. — Revue de Paris. Alfred de Musset et G. Sand, Notes et documents inédits, par M. Clouard.

15 Août. — Journal de Rouen. Supplément. Sur Musset, par Ed. Rod, extrait du Journal des Débats.

15 Août. — Daily Telegraph (Londres). Note sur l'art. de la Revue de Paris.

---

(1). L'édition de cette Revue, publiée à Londres, a donné lieu, dans la presse anglaise, à un certain nombre d'articles qui ne sont pas parvenus à ma connaissance.

16 Août. — Echo de la Semaine. Les Femmes de Musset, par H. Lapauze.

16 Août. — Progrès de la Côte d'Or (Dijon). Pagello et G. Sand, par Jacques de la Beaune.

16 Août. — Annales Politiques et Littéraires. A propos de récents articles sur Musset et G. Sand.

17 Août. — Le Journal. Viols de tombes, par J. Richepin.

17 Août. — Journal des Débats. Crit. de l'art. de la Revue de Paris.

19 Août. — Le Précurseur (Anvers). Sur Musset. Extrait du Journal des Débats.

19 Août. — Le Patriote (Le Mans). Vieux Cancans, par Eug. Lautier.

19 Août. — République Libérale (Arras). 2 Crit sur l'art. de la Revue de Paris, l'une par P. Lebeau, l'autre non signée.

20 Août. — L'Evènement. Liaisons et Passions, par P. Pascal.

21 Août. — Echo de l'Indre (Le Chatre). Lettre parisienne, par Andhré Bouché.

22 Août. — Le Gaulois. Sur Musset, Sand et Pagello, par Solidor.

Angers, imp. J. ROULIÈRE, rue Bodinier, 34.

www.ingramcontent.com/pod-product-compliance
Ingram Content Group UK Ltd.
Pitfield, Milton Keynes, MK11 3LW, UK
UKHW031958260826
14628UKWH00005B/2149

9 782019 678364